紅霞後宮物語　中幕
愛しき黄昏

雪村花菜

富士見Ｌ文庫

JN030828

目次

宸国妃嬪位階表

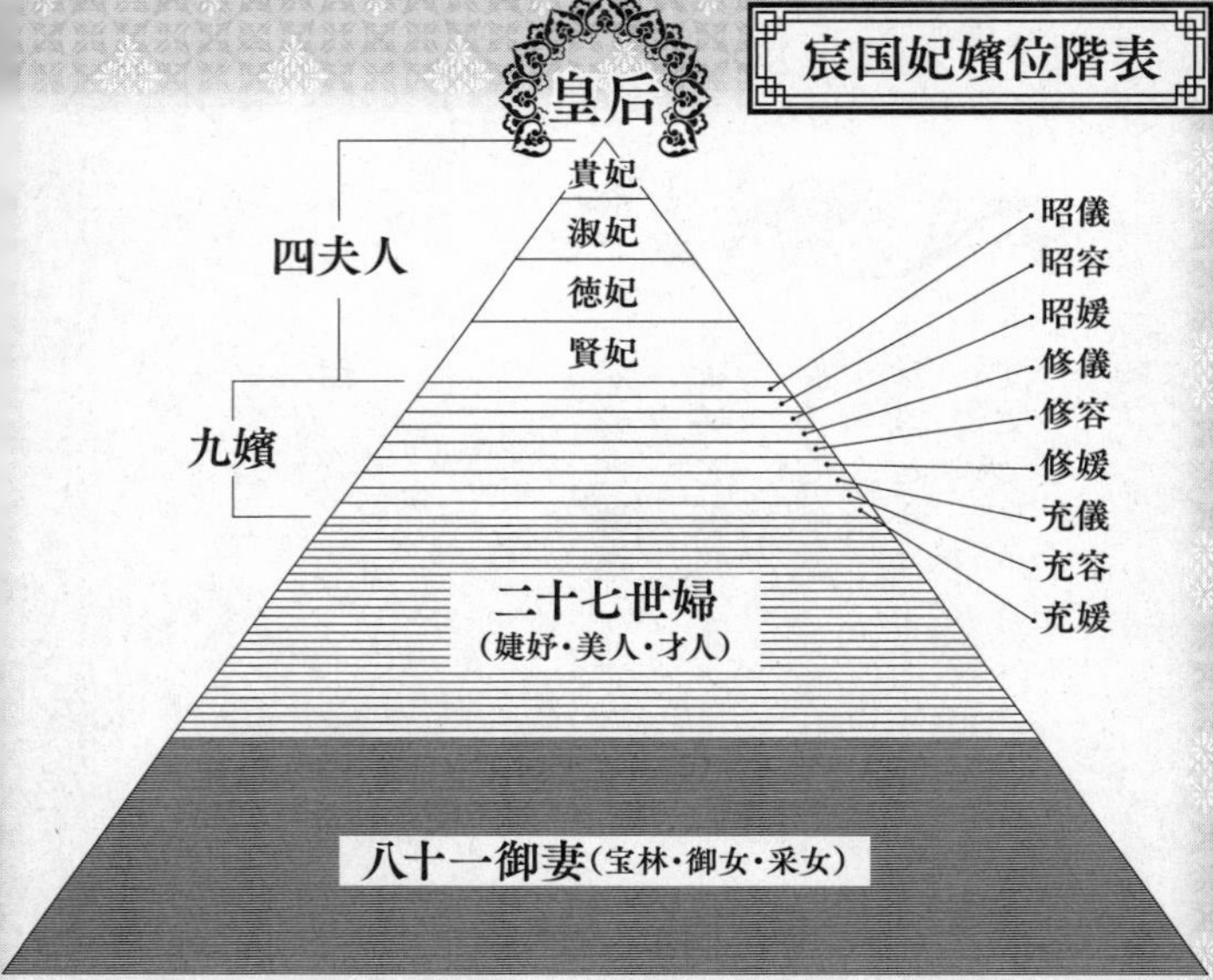

地図(中宸)

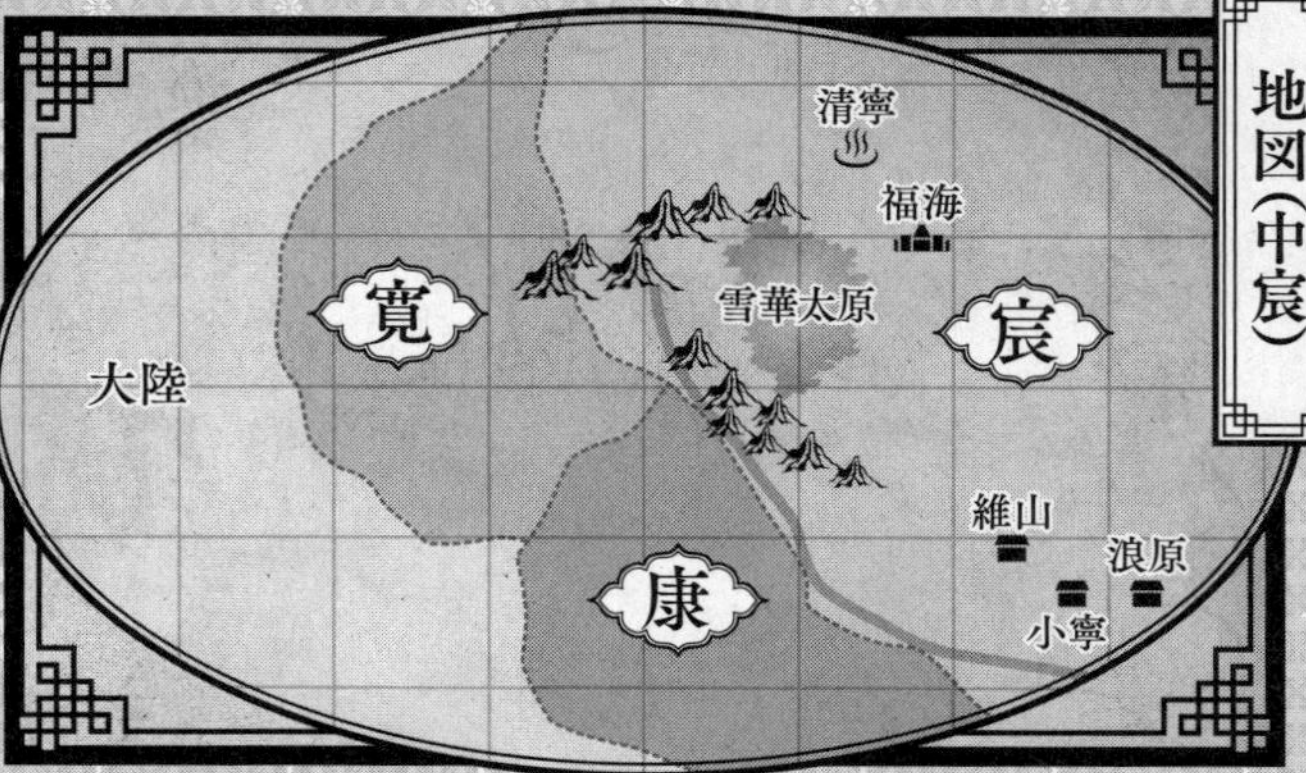

宸国武官制度概略（文林即位時点の帝都）※1

	省名	長官	職掌
（天子）十六衛	左・右衛	大将軍（正三品）※2	宮城内外の警備。
	左・右武威衛	同上	上に同じ。左右衛の補佐。小玉が王将軍の下でかつて配属されていたところ。
	左・右鷹揚衛	同上	左右武威衛に同じ。地位は左右武威衛に次ぐ。小玉が沈中郎将の下で働いていたところ。
	左・右豹韜衛	同上	宮城の東面において左右衛の補佐。序列は左右鷹揚衛に次ぐ。
	左・右玉鈐衛	同上	宮城の西面において左右衛の補佐。序列は左右豹韜衛に次ぐ。小玉が最初に配属されたところ。
	左・右金吾衛	同上	宮中、都の警戒等。行幸・親征時には露払い等。
	左・右監門衛	同上	宮中内の警備、諸門の出入りの管理。
	左・右奉宸衛	同上	室内における皇帝の身辺警護。
禁軍	左・右羽林軍	大将軍（正三品）	皇帝直属の軍隊。小玉の皇后時代に左右龍武軍（後の神策軍）が増える。

※1　武官については皇太子を警護する「（東宮）十率府」もあるが、本表では割愛した。
※2　大将軍の上に「上将軍（従二品）」が置かれている時代もあったが、この時代では大将軍を頂点とする。

十六衛の各衛の構造

大将軍（正三品）　1名
将軍（従三品）　2名
中郎将（正四品下）　1名
左郎将（正五品上）　1名
右郎将（正五品上）　1名
長史（従六品上）　1名
参事（正八品上～下）　複数
校尉（正六品上）　5名
旅帥（従六品上）　10名
隊正（正七品上）　20名
副隊正（正七品下）　20名
※4

徴兵した者などを供給

直属の折衝府※3

※3　徴兵、訓練、動員を行う機関。各地に点在するが、現在は募兵のほうが盛んであるため、有名無実化しつつある。地方の折衝府は、ほぼ警備隊としてしか機能していない。
※4　他にも役職はあるが本図では割愛した。兵卒も同様である。

人物紹介

《清喜と賢恭》

楊清喜（ようせいき）
元小玉の従卒で、小玉の後宮入りに伴い宦官となる。

沈賢恭（しんけんきょう）
宦官。以前は武官として働き、小玉が部下だった時期もある。

関小玉（かんしょうぎょく）
武官から皇后になった女性。貧農出身。

周文林（しゅうぶんりん）
故人。五十一代徳昌帝。女官を母に持つ。かつて小玉の部下だった。

《梅花と麗丹》

劉梅花（りゅうばいか）
故人。小玉付きの女官だった。文林の生母と親交があった。

徐麗丹（じょれいたん）
女官。現在は一線を退き、後進の育成に励んでいる。

元杏（げんきょう）
小玉に助けられた縁で女官になる。現在は皇帝付の女官として、皇后付きの女官と権勢を競っている。

鴻（こう）
文林の三男で、五十二代目の皇帝。

《雯凰と明慧》

祥雯凰（しょうぶんおう）
故人。数代前の皇帝の嫡女。文林の姪。夫・馮王の死後は王太妃と呼ばれていた。

馮亮（ふうりょう）
雯凰の息子で、現・馮王。皇妹を妻にしている。姉は元貴妃の紅燕。

琮令月（そうれいげつ）
文林の長女で、鴻の妹。虫が大好き。

張明慧（ちょうめいけい）
故人。小玉の片腕にして親友。筋肉。

納蘭樹華（ならんじゅか）
故人。明慧の夫。筋肉と髭。

納蘭誠（ならんせい）
明慧と樹華の息子。現在は馮王・亮に仕えている。

黄復卿（こうふくけい）
故人。小玉の部下で、清喜の恋人。文林のほぼ唯一といっていい友人だった。

《後宮と小玉》

李真桂（りしんけい）
元妃嬪。文林の死後、宮城を出て坏胡の地へ向かう。

薄雅媛（はくがえん）
元妃嬪で、坏胡の長の妻。かつて小玉を題材に創作活動をしていた。

関丙（かんへい）
小玉の甥。農業に従事している。紅燕の夫。

馮紅燕（ふうこうえん）
元妃嬪。現在は丙の妻となり、庶民生活もだいぶ慣れた。

関暁白（かんぎょうはく）
丙と紅燕の一人娘。

清喜と賢恭

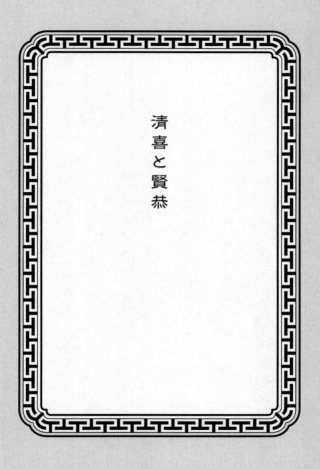

※

「空気籠もってますねえ、窓開けましょうか、開けますね」

死期が近い沈賢恭《しんけんきょう》を、見舞う者は沈痛な面持ちで見る。あるいはその感情を押し隠して気丈に振るまう。

だが見舞いにやってきた楊清喜《ようせいき》は、はつらつとした笑顔を向けてきた。

「沈太監《たいかん》、死ぬ前って、むやみに色々語りたくなるものじゃないですか。よければ僕が話し相手になりますよ」

死にかけている賢恭の枕元にどっかり腰を下ろして。

「…………」

賢恭は、発する言葉にちょっと迷った。病で消耗した頭がだいぶ回らなくなっている自覚はあるが、そのせいではない。

賢恭は、存外長く生きたと自分では思っている。しかし、深い付きあいの人間の種類はあまり多くなかった。武官と宦官《かんがん》がほとんど。

決して彼・彼女らが、取るに足りない人種だったというわけではない。また「武官で皇后」とか、「元武官で皇帝」とか、他の強烈な要素を併せ持つ者もいた。だがなんにせよ、自分と共通したなにかを持つ人間との交流以外を、賢恭はあまり持てなかった。

見方を変えれば、武官と宦官相手ならば、相対すればだいたい「こういう奴」ということがわかる程度には熟知している。語るつもりは特にないが、特に宦官については一家言ある。

一部の例外を除き。

そして清喜は、その例外の一人であり、他のどの例外とも異なる。どちらかというと悪い意味で「お前こそ唯一無二」と各方面で言わしめることの多い彼は、賢恭のいる方面でも唯一無二だった。

「そうですね……太監の半生とかどうですか？」

「こういう場合、語る側が話す内容を示すものではないかね？　そもそも語る側が『聞いてくれないか？』と言いだすものだろう」

「手間を省いて差しあげようと思ったのと、僕がすごく興味があるので……」

理由の前半は恩着せがましさ、後半は自分勝手さが満載である。

しかし賢恭にとっては、あまり悪い気はしなかった。自分は意表を突かれるのがけっこう好きなのだ。だからこそ、後に皇后となる関《かん》氏に目をかけた自覚はある。

関氏を見いだしたことについて、賢恭には先見の明があるなんて言われることがある。実際、彼女の素質を伸ばす環境を整えた自覚はある。しかし実際に関小玉《しょうぎょく》の実力を伸ばしたのは、王敏之《おうびんし》と米孝先《べいこうせん》だ。

それに賢恭が彼女を手元に置くきっかけ自体は、本当に「意表を突かれたのが面白かったから」以外のなにものでもなかったから、「見いだした功績」を讃《たた》えられるのは不本意なのである。

だが「出会った瞬間から、なにか光るものがあったのですね！」とまくしたてる手合いは、だいたい話を聞かない。そういう手あいはほぼ「関皇后（あくまで関小玉ではない）伝説の信徒」ばかりである。

これを聞いて「あはは、邪教徒じゃないですか」などと言って笑い飛ばすあたりが、賢恭の清喜を好きになる所以《ゆえん》である。関小玉より先に彼に会っていたら、賢恭が手元に置きたがる人間一号は多分彼になっていた。

「それに興味を持ってる人に話すと、相づちとかやる気に満ちているので、話しがいあると思いますよ。せっかくだから楽しい気持ちでおしゃべりしましょうよ」

「一理ある……だがただでは話したくないな」

少し意地の悪い気持ちで言うと、清喜はあっけらかんと返した。

「じゃあ、僕の半生を話してあげましょうか」

「なんでそうなるのか……」

「ほら、拳骨《げんこつ》には拳骨をと言いますよね」

「言うか……？　言うな……」

頭脳派ではあるが賢恭も武官なので、暴力理論をわりと受けいれてしまっているところがある。

「だから半生には半生です」

清喜はにかっと笑った。彼も宦官らしく老いが顕著だが、それでもこういう顔をすると少年のような印象を見る者に与える。

賢恭はきっと、実際に少年だったころであっても、こんな笑い方はできなかっただろう。

「それに僕の半生、興味ありません？　楽しく相づちを打てると思いますよ」

「ふ……」

笑ってしまったので、賢恭の負けだった。

「決まりですね」

清喜は、自分で勝手に引っぱりだして茶を淹《い》れた茶碗《ちゃわん》を手で弄びながら、話の導入を考えているようだった。

だが、賢恭がさほど待つこともなく口を開いた。

「僕って『お達者な老人よりもなお、口が達者な奴』とか、『夜中になっても灯《あか》りがいらないくらい、無駄に明るい奴』とか思われていると思うんです」

「正当に自己評価できることは、よいことだ」

皇后あたりは率直に、「あんたうるさい」くらいは言っているだろう。もしかしたら皇帝も。あの二人は最近とみに言動が似てきた。どちらかというと皇帝が皇后に寄せてくる感じで。

「そんな僕が、子どものころ、根暗だったと言ったら……沈太監はどう思われますか」

「そういうこともあるだろうな、と……」

思ったままを口にすると、清喜は「ふふ」と笑った。

「太監、僕の『あの人』と同じことを言いますね。娘子《じょうし》でも、『嘘《うそ》つけ』って即返したんです」

「それは『あの人』とやらと娘子の人柄の違いというより、後者に話す際のお前の話し方がふざけていたからではないのか？　お前はどうもやることなすことの根底が重いわりに、見た目は軽々しいから」

「そうですね……」

「……そうかもしれない」

半分独り言のように呟《つぶや》くと、清喜は視線を少しさまよわせ、窓の外を見た。意味のない動作だ。

それだけに賢恭の発した言葉が、彼の意表をついたことがよくわかった。

——これは腰を据えて聞いてやったほうがいいな。

賢恭は思い、姿勢を正した——心の中だけで。

死にかけている生身の肉体のほうは、勘弁してやってほしい。

※

清喜は、自分が幼少期に無口で暗い少年だったと言ったら、信じない者が多数だろうなあと思っていたので、あえて口に出さないことにしていた。

——でも言えばよかったかな。

賢恭の反応を前に、清喜はそんなことを思う。清喜が思いこんでいたのと違う反応をしてくる人間が、他にいたかもしれない。

とはいえむやみやたらに語りたい内容ではないし、聞かされる側も覚悟が必要になるので、やはり人は選ぶべきだろう。

清喜の性格がそんなふうに極端から極端へ振りきれたのは、基本的に両親のせいである。

清喜には少し年が離れた兄がいた。顔よし頭よし腕っぷしもよしで、ご近所でも評判かつ、両親の自慢の息子だった。

しかしそのしばらくあとに生まれた清喜は、体が弱く言葉の発達も遅く、両親はこの次男にあまり関心を持たなかった。世話もあまりみなかった。なんかもう、それですべての説明がつく。

そんなわけで、清喜はこの両親が嫌いである。やりきれない気持ちがあるとかでもなく、もうただただ嫌いである。

清喜の実家はそこそこ裕福ではあるが、素封家《そほう》というほどのものではない。だから下働きなどいなかった。

そんな中、両親からの関心を向けられなかった清喜を育ててくれたのは、ほかでもない兄である。

兄はそれはもう、清喜のことをなめるようにかわいがって、大事に育てた。「清喜」という名前をつけたのも彼であるというあたり、兄ができた人物というより、両親ができなすぎである。

ごく自然な流れで、清喜は兄によくなついた。なお、清喜が初めて発した言葉は兄を呼ぶ声だったという。兄が言っているだけなので本当かどうかはわからないが。

その結果両親は、自分に懐かない次男からさらに興味を失っていったが、もうそれは巡りあわせとか相性とかが悪かったんだなとしか思えない。

ある程度成長したころ、両親が自分に構ってくれないのは兄が原因だということが、清喜にもわかってきた。しかしだからといって、兄に対する思慕の念が消えることはなかった。

またそこについて、兄に対する複雑な思いとかが芽生えることもなかった。ただ両親は駄目で、兄は偉いなあという感慨しか清喜には得られなかった。

実際そうだったと、大人になっても思う。

なお当時、そう思ったことを兄に告げると、「お前はませてるなー」と妙に感心された。

このころの清喜は内向的である半面、外に対する興味は強く、周囲をよく観察していた。後に「あんたほんと余計なとこだけ見てる」と、主に小玉に言われる観察眼は、このときつちかわれたのである。

清喜がある程度成長したころ、兄は帝都の軍に入隊した。

地元の感覚では大出世である。部隊によっては家出した十五歳の女の子が、その場の勢いで入れるような場所なのだが、そういう機微は田舎者にはわからない。

皆が兄を褒めたたえた。兄に気持ちを寄せる娘さんたちは、袖《そで》を絞って兄を見送っていたけれども。

清喜も清喜で、泣くほどではなかったが、兄が去るのは寂しかった。けれども兄には兄の人生があると思いもした……そんなところが、「ませてる」と言われるゆえんである。

「手紙書くからな」

清喜は無言でこくんと頷《うなず》きつつも、兄はきっと都会に染まって、そして自分のことを忘れてしまうだろうと思った。そうなったらきっと寂しくなって、自分はちょっと泣くだろうなとも。

……このあたりの発想についてはませているどころか、完全に置いていかれる彼女ののである。

清喜の考えは半分外れた。

兄が帝都に行ってからくれた手紙には、「ここは呼吸がしやすい」と書いてあった。やっぱりそうだろうなと思ったものの、その手紙は次から次へと届く新しい手紙に埋もれていってしまった。

暇な自分と違って、仕事があるはずの兄はいつ書いているんだろうと清喜が首をかしげるくらい、兄はけっこうな頻度で手紙を送ってきた。一通ごとの文面は短かったから、きっとちょっとした暇な時間に書いていたのだろう。

とりあえず涙を拭《ふ》くために手巾《しゅきん》を送ってくださいとか書く必要はないなーと思いつつ、清喜は返事をしたためたのだった。

なお両親は、自慢の息子が不肖の息子へどんどこ手紙を出す件について、変な女に捕まるよりはましだろうという意向をしめしていた。確かに俸給のかなりの量を郵送料につぎこんでいるんじゃないかというくらいの勢いだったので、女遊びをする余裕もなかったにちがいない。

兄から送られる手紙の内容は、存外ふつうだった。

――今日は友人たちと食事に行った帰り、犬に吠《ほ》えられた。

――今日は上官に叱られて、皆でやけ酒を飲んだ。

──今日は面白い女の子に会った。俺にほうきを押しつけてくるんだ。

あまりにもふつうというか、手紙よりも日記に近い文面に、清喜は「たまには兄さんの活躍も書いてください」と送った……いや、最後の手紙についてはもうちょっと詳しく知りたいけれども。

ともあれ、兄から届いた返事は意外な内容だった。

──特に活躍なんてしていない。ここだと俺はふつうの人で、それが楽しい。

その文面を、清喜は何度も読みかえした。ただの謙遜《けんそん》というには、ひっかかる内容だったからだ。

けれどもその手紙も、新たにやってくるそれに埋もれていってしまった。兄の出征で何度か中断されたものの、清喜と兄の文通はそれくらい頻繁に続いた。

そしていつのまにか、兄の手紙にはある娘について書かれることが多くなった。どこか間抜けでそれでいて鋭い彼女の名前は、手紙には記されていなかったが、清喜にもわかった。兄はこの娘のことが好きなのだ。

……正直、もっと落ち着きのある人を選ぼうよ、と思わないでもなかったが。

そんなことを思いつつも、清喜は兄の想《おも》い人について書かれた手紙だけ、そっと隠した。母に見つかったらたいへんなことになる。彼が帰ってきたら地元の名士の娘を嫁にと張りきっていて、しかも先方も乗り気なものだから。

そんなささやかな情報工作をする日々の中、手紙では兄と娘の関係は少しずつ進展していった。そしてある日、兄からの手紙を読んで、清喜は少しだけ口の端を上げた。

――彼女と付きあうことになった。

手紙の最後に、とってつけたように書かれた一文が、兄の照れを示しているようで面白かったのだ。清喜はこう返した。

――未来の義姉《ねえ》さんの名前を、いいかげん教えてください。

あと、母が勝手に嫁を決めようとしていることも教えておいてやった。

きっと近い将来、兄は花嫁を連れて帰ってくるだろう。清喜にはそれが、とても楽しみだった。

ただ父と母の反発は心配だった。清喜に冷たい両親のことを、兄はいつもたしなめつつも相応に孝養をつくしていた。清喜にしてみればどうしようもない連中だが、兄にとっては大事な親なのだ。

もしかしたら諍《いさか》いになるかもしれない。そうなったらどうやって、兄に加勢しようかなと思いながらその日を待った。

ついぞ来なかったその日を。

ある日、兄が帰ってくるという手紙が届いた。両親にも帰還を知らせてくれとも。

びっくりしつつもそのとおり、両親に知らせにいった。なおこのころの清喜と両親は、必要なことならばある程度会話をするくらいの関係に落ちついていた。

清喜から兄の帰還を知らされた両親は驚喜した。ついでに母は、縁談を持ちかけている家に駆けていった。

大丈夫かな……と思いつつ、清喜は久しぶりに帰ってくる兄のために、部屋を掃除してやっていた。

はたして帰ってきた兄は弟から見ても、風采《ふうさい》が上がっていた。そんな我が子を、母は惚《ほ》れ惚《ぼ》れとした様子で抱きしめていた。父も満足そうに眺めていた。

清喜はちょっと離れたところから、兄の背後に恋人が隠れているのではないかと、いろんな角度から確認していた。しかしそんな気配はどこにもなかった。

久しぶりに家族で囲む食卓は、おおむね和やかなものだった。両親は幸せそうで、兄も穏やかに微笑んでいた。

清喜だけ兄の恋人が窓の外に潜んでいるのではないかと、そわそわしていた。兄からの手紙を読んでいる限り、そういう突飛なことをしでかしそうな人物だったものだから。しかも大真面目に。

しかしそんなことはやはりなく、代わりに兄が衝撃的なことを言った。

食事を終えたあと、兄は「話がある」と言って、こんな話を切りだした。

自分が死病に冒されたこと。保《も》って数か月だということ。

いつも気の合わない両親であったが、このときばかりは清喜も彼らと同じ反応をした。驚愕《きょうがく》、悲嘆。

中でも母のそれは激しく、めまいを起こしてその場に倒れ伏した。そのため、話は翌日に持ち越されることになった。

母を寝室に運びこんでから、清喜は兄の部屋に誘われた。兄は久々に入る自室を、懐かしげにぐるりと見回した。

「この部屋も久しぶりだなー」

「兄さん」

「そのわりに、ずいぶん片づいてる。お前、掃除してくれた？」

「兄さん！」

声を荒らげる清喜に、兄は苦笑いした。

「母さんがよく眠れないから、そんな声出すなって。ま、ちょっと座りな」

とりあえず兄に話してくれるつもりはあると思って、清喜は素直に指されたところに座った。その横に兄が座り、ぽつりぽつりと語りはじめた。

「三か月くらい前だったかなあ……弓を射るときにちょっとだけ狙いがぶれるようになって」

とはいえそれは本当にほんのちょっとのぶれだったので、兄は特に気にしなかったのだという。

「でも、あいつは早く医者に診せろって言った」

兄にしてみると、笑い話のつもりだったという。年をとって目が悪くなったに違いないと話すと、恋人は表情を厳しいものにしたのだとか。

「でも忙しくてなかなか行けなかったんだよ」

ようやく重い腰をあげたときには、もう手遅れだったという。

「というか……早めに行ったとしても、きっと治らなかっただろうとは言われたんだけどな」

その点では遅く行ってよかったかもしれないと、兄は笑う。死の恐怖を感じる期間が短くなったから。

「恐《こわ》い……んですか？」

「恐いよ」

兄は吐きすてるように言った。

「すげぇ……恐い」

そして、歯を食いしばってうつむいた。

清喜はただただ混乱するばかりだった。

なんでこんなことになっているのかとか、あの兄がこんなふうに泣くことになるなんてとか……何一つ整理できないなか、清喜が発することができたのは、夕食のときから抱えていた疑問だけだった。

「恋人はどうしたんですか？」

兄は言葉少なに答える。

「別れた」

まさか捨てられたのか……という思いが清喜の脳裏に浮かんだ直後、

「あ、勘違いするなよ。俺が振ったんだからな」

先読みした兄が訂正した。

清喜はほんのちょっとぽかんとして……思わず声をあげた。

「なんで振っちゃったんですか⁉」

「声。母さん」

兄は声量を落とすようもう一度注意すると、

「だってあいつ、多分自分を責めるから」

きっと、無理やりにでも医者に診せればよかったと思うに違いない、と兄はきっぱり言った。

「そしたらあいつきっと、俺の人生の面倒をさ、背負いこもうとする。俺の三倍くらい男前だから」

「そんな人なんですか……？」

そんなことまでは文面からは読みとれなかった清喜は、恐る恐る問いかけた。

「そんな人だよー」

すると兄はなんだか妙に嬉《うれ》しそうに答えてきた。

「思い切りがな、すごくよくって」

「はあ」

「で、失敗したらしたで、『まいっか』とか言いながら、責任はちゃんと全部自分でとるの。そこが……」

急に始まったのろけ話に、清喜はため息をつきながら言った。

「兄さん……その人のことすごく好きだったんですね」

「ん……、大好きだなー」

兄は、目尻《めじり》をちょっとだけ染めて、幸せそうに笑った。

「これから……どうするつもりですか？」

「ん？　あさってには帰るよ」

てっきりこの家で療養すると思っていた清喜は、思わず声をあげた。

「は!?」

「声、声」

「あっ、はい……なんで。病気なのに」

「病気だからだよ。このまま病死しても、この家から金が出てくだけで、かけらも入ってこない。だから戦死して報償もらったほうがいいと思って。で、それはお前に遺《のこ》す」

「そんなこと、頼んでないです」

「俺のほうが頼むんだよ」

そう言って兄は、清喜に頭を下げた。

「父さんと母さんのこと頼む。お前にとってはいい親じゃなかったけど、せめて死んだときの面倒だけは見てくれないか。俺の報償で墓を作ってくれ」

それが兄の最後の頼みだとわかったから、清喜は無言で頷《うなず》いた。


翌日、兄は庭の炉で片っ端から手紙を燃やしていた。

清喜が隠していた、恋人に関する手紙だ。

「なにも燃やさなくても……」

横で手伝いながら、清喜はぼやいた。手紙は清喜にとって、兄の分身のようなものだった。燃やせば燃やすほど、兄という存在がこの世から減っていくような気がする。

「あいつについて書いてるぶんだけだから、許せって……これで終わりか？」

「いえ、まだこれだけあります」

かなりの大きさの籠をどさっと置くと、兄は目を剝《む》いた。

「俺、あいつについて、こんなに書いたのか！」

自覚はなかったらしい。

「全部燃やすのたいへんですから、もうやめたらどうですか？」

「いや。あいつについてのは、全部持ってく」

「結局……名前、教えてくれませんでしたね」

兄はせがんでも、恋人の名前を教えてくれなかった。

「もう俺とは関係のない人間だ。お前とはますます関係のない人間だからな。知らなくていい」

兄の言うことは正しい。

それに兄は、自分たち家族の恨みが、恋人に向かうのを恐れているのだろう。そこまで大事な人だったのだろう。実際、清喜はともかく両親の耳に入ったら、彼らはよけいなことをしかねない。

「あいつを幸せにしてやりたかったな……あいつはどうやって幸せになるのかな。一人で幸せになるのかな、誰かと幸せになるのかな」

恋人の手紙をすべて燃やしおえたあと、兄は灰をかきあつめながら、どこかぼんやりとした様子で言った。

「誰かと幸せになるのはすげぇ嫌だけど、幸せになってほしいなあ」

その言葉はずっと清喜の心に残った。

翌日、兄は帝都へ帰っていった。

翌月、兄は国境付近で戦死した。

遺品を前に、清喜は兄から病気について告白されたときのように、両親と同じ反応をした。

ただひたすら、泣いた。

兄が死んでから、急に両親が清喜にすりよってきた。

自分たちの老後が心配になり、そして面倒を見てくれる人間が、清喜しかいないことにようやく気づいたのだろう。

正直、不愉快だった。

それに兄との約束がある以上、特にすりよられなくても、死ぬときの世話はしてやるつもりである。ついでに病気になったときの面倒も見てやるつもりだから、嫌いな人間への対応としてはなかなか温情に満ちたものだと思う。けれどもそれ以上のことをするつもりはなかった。

また、両親が縁談について、妙に話をするようになってきたのもうっとうしかった。清喜はまだ十代前半で、嫁をもらうような年ごろではない。もちろんこの年齢で結婚する者もいるが、それはもうちょっといい家柄の若様の話である。

なお後年、清喜が独断ですっぱり去勢できたのは、そういう諸々《もろもろ》で両親に対して鬱屈《うっくつ》がたまっていたのもあるのだろう。なおこの行動、最高に不孝な行動である。だから両親は事後報告を受けて卒倒したのである。

もし結婚するなら……と、このときの清喜は考えていた。

自らにとって大事な人を、幸せにしようとする人がいい。

その人にとって大事な人が、自分でなくてもいい。

ただ、その人にとって大事な人が、自分にとっても大事な人だとすごくいい。

妙にひんまがっているが、清喜の「理想の恋愛像」はそんな感じになっていた。もちろん兄の影響である。

問題は、目下清喜に「大事な人」がいないことである。なお両親は、もちろん論外である。ついでに両親が勧めてくる花嫁候補も。

なにせ元は兄の相手にと考えていた相手である。年齢差的にも勘弁してほしいし、先方のお嬢さんも嫌そうにしているらしい。その気持ちはわかるので、清喜はお嬢さんに対しての悪感情は一切なかった。

それはともかく両親と少し距離を置きたい。

そう思った清喜は、地元の駐屯地で働くことにした。

両親は少し難色を示した。地元といっても、小寧《しょうねい》という地は縦に長い場所だ。その端に清喜の家があり、その反対の隅に駐屯地がある。

つまり、案外遠い。

しかし「兄を偲《しの》んで似たような仕事をしたい」と言えば、両親は黙りこんだ。このあたり両親はやはり愛児を忘れているわけではないのだなと思うと、少しだけ彼らに対する評価は上がった。

そんな感じで、清喜は駐屯地で下働きとして働きはじめた。

そして、関小玉と出会ったのである。

彼女は清喜が働きはじめてからすぐ配属された女性士官だった。初めて見たとき、なぜかどこかで会ったような懐かしい感じがした。はっきりいうと、好感を抱いたのだ。表面を明るく取り繕うことを覚えても、中身はけっこう排他的なままだった清喜としては珍しいことだった。

ちょうどそのとき、彼女の従卒の件についてちょっともめていると聞いた。従卒は対象者より年下が好ましい。しかし相手が二十代の若い女なのに対し、ここにはほとんど中堅から古参くらいの年代の者しかいない。したがって、誰がなるかで議論になっているようだった。

しかも全員、自分はちょっと……と言いながら、「絶対いやだ」と断る姿勢を崩さない。しかしその理由は、女の下につくのがいやというより、若いお嬢さんとどんな話をすればいいのかわからなくてこわい……というものばかりであった。

ここのおじさんたち、基本的にみんなかわいいのである。

そのおじさんの一人に、「若いお嬢さんは、別に話が合わないからといって嚙《か》みつかないですよ」と清喜が言うと、相手は「だって僕、うちの娘とも話合わないし……」としょんぼりしていた。みんな大体そんな感じらしい。父親とは常に哀《かな》しいものだ。

そんな彼らがかわいそうになったのもあって、清喜は自分の立場がかなり低いのをわかりつつも自薦した。どうせだったら好ましい人の下で働きたいものだし……とも思ったのだ。

それが功を奏した。

元々清喜が新人だったため、ちょっと彼には大変なんじゃないかという意見が出て候補にならなかったのだ。しかしそれは、本人もやる気であることだし、新人だったら多少失敗しても大目に見てくれるだろうから大丈夫だろうという意見に変わった。そしてそれが、「若いお嬢さんこわい」というおじさんたちの確固たる信念と相乗効果を発揮した結果、この人事は決定されたのである。

実際、大丈夫だった。

相手は全然手のかからない人だったし、以前従卒を持っていて、また自身も務めていた者として、いろいろと教えてくれもした。それにときに突拍子もない行動もするが、なぜかまったく苦痛にならなかった。

周囲も周囲で、兄と比べてどうのこうの言わない（というかそもそも兄を知らない）人たちなので、気が楽だった。あと、おじさんたちがかわいかった。

そんな感じで小玉にくっついて日々を過ごすなか、その出来事は前触れもなく起こった。

ある日、小玉が自分の部屋を掃除していた。

なおそれは、従卒の仕事である。

「あっ、僕やりますよ」

「あー、いいよ。今ちょっと仕事行きづまってるのよねー」

「……なるほど！」

現実逃避の一環だったらしい。その気持ちはすごくわかった。

しかし上官に掃除をさせて、その間別のところにいるというのもはばかられたので、清喜は拭《ふ》き掃除を始めた。

すると小玉がだしぬけにふふっと笑った。

「なにか面白いもの、見つかりましたか？」

この部屋は先日まで前任者のもので、いろいろなものが埋もれていた。小玉の手によってあらかた片づけられたが、たまに思いもよらないものが発掘されることがある。

「違うの、ちょっと思いだし笑い。昔ね、去塵《きょじん》って人が知りあいにいて」

「……！」

清喜は思わず手をとめて、小玉のほうを見た。彼女は床に目を落としたまま、掃き掃除を続けている。

「すごいきれい好きそうな名前よね。だから不審な挙動の清喜には気づかず、話を続けている。だから掃除の極意を教えて！って、ほうきをぐいぐい押しつけたことがあるの」

「……相手は、困ってませんでしたか」

「困ってたし、大笑いされたわねー」

そして小玉はようやく顔をあげた。

「どうしたの？　なんかすごく困った顔してる」

「あ、いえ……自分もそうなったら困るだろうなって思って」

「だろうね！　その日あたし、酔っぱらってたのよねー」

小玉はからからと笑う。

「掃除、お上手でしたか？」

「そこそこかな。ふつうのお兄ちゃんだったよ」

清喜はためらい気味に、最後の質問を発した。

「……その人、今はどうしてるんですか？」

「あー……ちょっとわからないな」

笑っていた小玉の表情が、ほんの少しだけ翳《かげ》った。

清喜にはそれでわかった。この人が、兄の恋人だった人だ。

まさか兄の恋人が武官だったとは思わなかったし、兄よりはるかに地位が高い人だとはさらに思わなかった。

しかし思いかえせば、よくぞここまで書くことがあるなというほどの手紙の量も、同業ならば説明がつく。ふだんから接点が多かったのだろう。

けれども兄は、恋人がそういう立場であることをほとんど匂わせなかった。

そして手紙を読んで持った兄の恋人の印象と、実際に接した小玉の印象に驚くほど差がないことからもわかる——兄は彼女のふつうの部分をこよなく愛し、よく観察していたのだ。

なぜなら兄もふつうの人だったから。

兄の死後、彼からもらった手紙——恋人について書かれたこと以外の——を読みかえして気づいたことがある。

兄はすごい人だった。けれどふつうの人だった。

兄は地元では、確かに優れた人だった。だが広い世の中をみれば、まったくたいしたことのない人間だった。

もし彼に他より秀でたことがあったとしたら、周囲におだてられても流されることなく、自分のそういうところを正しく理解していたという点だろう。

——特に活躍なんてしていない。ここだと俺はふつうの人で、それが楽しい。

あの手紙に書かれていたことは、ふつうの人であり、そのとおりでいたい人の、ささやかな主張だったのだ。そういう気持ちをわずかでも吐露できた相手が、ちっぽけな弟だけだったのかと思うと、清喜は切なかった。

清喜にとっての兄は、ただ大好きな兄でしかなかった。郷里での兄にとってそれは、唯一「ふつう」の感情を向けてくれる存在だったのだろう。

「ふつう」の定義がなんなのかは、清喜にはよくわからない。

けれども兄が愛した人が、兄のことを「ふつうのお兄ちゃん」と言ったことが、とても嬉《うれ》しかった。彼女もまた兄の「ふつう」のところを見て、愛してくれたのだろうかと思えたからだ。

清喜は目を伏せて思う。

――だから兄さん、あなたは死ぬべきではなかった。

きっと彼は、彼女と幸せになれただろうと思う。けれど彼はもういないから、彼女を幸せにしてくれる人がいてほしいと清喜は思った。

そしてそれは、自分ではないとも。

小玉のことはとても好きだ。だが、それは家族愛――兄に対する気持ちに近い。もしかしたら義理の姉になっていたかもしれないと思うと胸が躍ってしまうあたり、やはりこれは女性に対する愛ではない。

けれども今の自分にとって、間違いなく大事な人だ。だからもし小玉が恋をするとしたら、彼女を幸せにしてくれる人がいい。

そんなことを思った。

そして彼女が幸せになるまで一緒にいようとも。

……なお、後に小玉に連れられて帝都に行った清喜は、小玉の信奉者に恋をして、半ば強引に恋人の座におさまることとなる。

※

ひととおり話しおえた清喜は、賢恭の顔を見た。彼の顔に疲労は見えていないので安心した。

「思いのほか長くなってしまいましたね、すみません」

「いや、そんなことはない」

思いだしたことをなにもかも話したわけではなく、けっこう省略はしている。なんといっても相手は病人だ。清喜にも人を気づかう気持ちというのは、最低限備わっているのだ。

もっとも、その相手にこれから語らせようとしているのであるが。

「……うん、確かに興味深い内容ではあった」

「それはよかった」

「もっと詳細な感想が必要か？」

「いえ、他に語ってほしいことがありますので」

ここまで人に聞いてもらったのは恋人以来で、聞いてもらっただけで意外な充足感を清喜は感じていた。恋人に語ったときは心にもう少し波が立っていたものだが……きっと、年をとって自分の過去を落ちついて振りかえれるようになったからなのだろう。

「そうだったな」

賢恭は清喜に水を持ってこさせて口を湿らせて、ぽつりと呟《つぶや》いた。

「私とお前は似ているかもしれないな」

「頭がいいところですか？」

もちろんこれは冗談である。

「お前の頭がいいことと、私の頭のいいことは否定しないが……地頭の種類が違う気はする。お前はかなり直感的なほうだろう」

しかし賢恭は真面目にとりあってくれる。だからこの人好きだなと、清喜はちょっと胸をときめかせた。

雑に扱われても、それはそれで楽しいのだが。

「それではどこが似ていますか？」

「両親を選べなかったところだ」

「いや……うちの両親、さすがに閣下のところほどひどくはなかったですよ……」

語られる前から知っているくらい有名な話であるが、賢恭は皇帝に取りいるための材料として、幼少期に去勢されて宮城に放りこまれたという経緯がある。

「それから、人生の軸がだいぶ彼女に傾いているところも似ている」

「それは確かに」

賢恭が笑った。

「わかるかな？　全部じゃない、だいぶ、だ」

「ええ、わかります」

清喜も笑う。人によっては「意外に娘子のことしか考えてないわけじゃないんだね」と言われる感じ。

一つのことしか考えずにやっていけるほど、単純なものではない。宮仕えが、ではなく人間というものが。

※

語ると言いつつ、絶対に誰にも言わないと決めていたことが賢恭にはある。

——人生でもっとも後悔していることは、彼女のことだ。

もし仮に誰かに言ったとしたら、必ず言われるだろう。もっとも悔やんでいるのは、おまえの体のことではないのかと。

だがそれは違う。賢恭は自らの体のことで苦労と苦悩をし続けてきたが、それは悔やむことではなかった。

賢恭は宦官《かんがん》だ。宦官とは皇帝の后妃に仕えるための存在で、男性機能がない。それは、事故や病気でそのような体になった者が集まった訳ではなく、人為的にそうさせられるのだ。

賢恭とて例外ではない。

賢恭は五歳の時に宦官となった。幼い頃に去勢される者は、大抵貧しい家の口べらしの結果なのだが、賢恭は違った。

賢恭の家は、貴族と言っていいほどの家柄だった。本来ならば、何不自由なく育てられたはずだった。

それがかなわなかったのは、彼の一族が政争に負けたからだ。贅沢《ぜいたく》をしなければ何の問題もなく暮らしていける程度の家財は残っていたものの、焦った彼らの一族は権力者に取り入ろうとした。

当時の皇帝に。

権力者への貢ぎ物として、昔から有効なのは美女である。しかし、当時後宮には美女三千という言葉が、誇張なしにあてはまるくらいだった。そこに新しい美女を送り込んだところで、皇帝に相手にされるとは限らない。

また、身も蓋《ふた》もない実際問題として、一族に美女がいなかった。

そこで一族は男に目をつけた。皇帝は男もいける口だったが、周囲に侍《はべ》る美男子は少ない。そして一族にはまだ幼いながらも、愛くるしい男児がいた。

それが賢恭である。

一族が彼を去勢したのは、皇帝の心をとらえる確率をひきあげるためである。

幼少の頃に去勢した見目麗しい宦官は、十代から二十代にかけて、独特の中性的な美しさを持つ。それに賭けてのことだった。

また、宦官として後宮に送り込むことで、幼少の頃から皇帝の目に触れさせようとしたのである。

長期的というか、無謀にもほどがある。

こうして、後宮に送り込まれた賢恭は、それまでの名字を捨てさせられ、「沈」という名字を得た。

後世、忠臣か姦臣《かんしん》か評価が分かれる宦官・沈賢恭が誕生したのである。

身よりのない後宮の中で、賢恭を育てたのは、一人の老宦官だった。賢恭に自らの姓を与えたその老宦官は、疑いなく人格者であった。賢恭は彼から多大な知識と、皇帝への敬意を学んだ。

だが、愛された訳ではない。

老宦官は確かに賢恭を大事に育てたが、それは淡々としたものだった。彼の周囲は静謐《せいひつ》な空気に支配され、側にいるだけで自らがうるさいものであるかのような気後れがあった。

それでいて、賢恭は老宦官の空気になじみたいと思ったわけではない。

幼く、自らがなぜここにいるのか理解していない賢恭は、自らがこのまま老宦官のようになってしまうのではないかと思った。

このまま自分はここで朽ちていくのかという焦燥を覚えたころのことだった。

「おまえ、名は」

白く、細い手、美しいがどこか虚《うつ》ろな瞳。疲れきった表情。

それなのに発する声は、鈴を鳴らしたかのように美しく、それが異様に感じられた。

賢恭が出会ったのは、そんな人だった。

彼女がなぜ自分に目をとめたのかはわからない。焦燥を抱く自分が気になったのではないかと賢恭は思っている。

「沈賢恭、と申します」

ただこのやりとりのあとも賢恭を気にかけた理由はわかる。彼女と同じ姓だったからだ。とはいえ血縁関係はもちろんない。賢恭が宦官になる前は別の姓だった。また賢恭に姓を与えた老宦官からも、皇后の身内であるという話を聞いたことはない。

それをわかっていて、気まぐれにとはいえ話しかけてきた沈皇后は日々に倦《う》んでいた。

ある日、彼女は賢恭に言った。

「おまえはここから出たいのだね」

「…………」

答えられるわけがなく、うつむく賢恭に、彼女は独り言のようにつぶやいた。

「……では、強くあらねば」

賢恭が武官としての訓練を受けはじめられるようになったのは、そのころからだ。彼女
——皇后の口利きがあってのことだった。

老宦官は、賢恭が武器を持つことを気に入らない様子だったが、何も言わなかった。

賢恭が時の皇后に気に入られたことを、一族は喜ばなかった。皇帝に取り入るためには、皇帝本人でなければ、もしくは皇帝の寵愛《ちょうあい》を受けている女に気に入られなければならない。

そのころの皇后は、皇帝の寵愛を失って久しかった。

ただし、彼女は決して哀れなだけの女ではなかった。後宮の熾烈《しれつ》な闘争を勝ち抜き、かつていた皇后を蹴落として、自分がその座についたくらいだ。善人であるわけがない。

だが、賢恭が会った頃の彼女は、すでに疲労と諦観で淀《よど》んだ瞳をした無力な女だった。

何もかもを捨てて戦いに挑み、勝ち抜き、そして敗れた。その勝敗を決するのは、皇帝というきまぐれな男の心一つ。

すべてを諦めた女は、自分の生が終わることも諦めたようだった。ある冬の夜、彼女は誰も気づかないまま寝床で息を引き取った。

賢恭が十歳の時だった。彼女の死後、一年経《た》たないうちに、皇帝は新しい皇后を立てた。

皇后が、賢恭に残してくれたものは、皇后は不幸な存在であるという認識だった。

そして、感謝。彼女が何を考えていたのかはわからないが、賢恭に将来の可能性を与えてくれたのは、間違いなく彼女だった。

武官としての賢恭は、幸い、才能があった。また、頭もよいとあり、彼は着々と出世していった。

その過程で美貌が皇帝の目に触れ、二、三度召されたことはある。賢恭は淡々と皇帝の求めに応じ、すぐ飽きられた。体に傷があるのが、興の冷めた理由だったとか聞くが、そうかとしか思わなかった。

気づけば賢恭は、人格者としての名声と、多大なる武勲を確立していた。

その立場は後宮で朽ち果てるよりは、はるかに充実したものであった。がむしゃらに働き続け……そのうち、老宦官が死んだ。

賢恭が会った頃、すでに老人だった彼は、まるでしわくちゃな布のかたまりのようになって死んだ。

老宦官が賢恭を育てたように、淡々と見送った彼だったが、心のどこかにぽかりと穴があいた気がした。

自分はこれで、身内と呼べる者を失ったのだと思った。

そのころ、彼の実家はすでに存在していなかった。存在していたとしても、賢恭は一族の者を身内として認識していなかった。実家が取りつぶされたとき、助けを求める手を拒んだのだから。

賢恭が連座させられなかったのは、宦官として表向きは実家との縁を切っていたからだ。もし宦官にならなければ、賢恭もまた死んでいただろう。けれども実家に対する愛着を持ち、家族をなんとか救おうとしたかもしれない。

賢恭が生きていられるのは、一族の愚行によるものだ。皮肉を感じてならなかった。だが、そのことを笑わないくらい、賢恭は醒めていた。


自分が、心底おかしくて笑ったのは、どれくらい前だろう。

そう思ったのは、関小玉と出会った時のことだった。

彼女を身近に置いたことに、深い理由はない。いくつかの面で都合が良かっただけだ。

それでも、彼女が側にいると楽しかった。成長過程にいる若者は見ていてすがすがしいし、何より小気味よいほど覚えが良かった。

そして新鮮だった。身内に愛されて育った子どもが持つ感性は、時折賢恭をはっとさせた。

何の下心もなかったと断言できる。

しかし、いつのまにか彼女が自分に恋心を抱いたと知ったとき、胸にわき上がったのは喜びだった。そのことに愕然《がくぜん》とした。

なぜ、そう思ったのか。思考をたどって、「それ」にたどりついた時、肩の力が抜ける思いをした。

彼女が自分に恋をした。それは「男性として扱われた」ということだ。それが嬉《うれ》しかったのだ。

去勢され、宦官として後宮に入って二十余年。物心ついた頃からずっと宦官だった。しかし、自分は「男でなくなった」ことに対し、こんなにも傷ついていたのか。

賢恭は苦笑し……そして涙を流した。自分でも覚えていないくらい久しぶりに流した涙は、心の中に空いた穴をほんの少しだけ埋めてくれた。

とはいえ、だからといって、いや、かえって彼女の気持ちに応えようとは思わなかった。彼女の恋心に喜びを感じたのは、恋ではない。彼女の気持ちが、自分の心の傷を癒やしてくれるというだけのことだ。そのようなことに付き合わせることはできない。

よしんば、気持ちに応えたとしても、自分は体で応えてやることはできない。宦官が結婚するということはこれまでもあったが、心がしっかりと結びつけられていないと、維持は難しい。そして、圧倒的に辛《つら》い思いをするのは女のほうだ。

だから突き放した。彼女が自分の身近にいなくなり、自分でも驚くほどの喪失感を覚えたが、その時は、それがずっと続くことになるなど思ってもいなかった。

何年も経ち、彼女の自分に向ける感情は愛情から尊敬に変わり、そのことに苦しみを覚え……そして気付いた。

ああ、自分も彼女を愛していたのだ。

どうしようもなく愚かだと自嘲し、仕方ないとあきらめた。

賢恭はいつか、彼女が幸せな結婚をするだろうと思った。その時、この苦しみも終わるだろうと思っていた。

だが、彼女はいつまでたっても結婚せず、そして皇后になった。あの、辛く、苦しい存在に。

その時、賢恭は年甲斐《としがい》もなく叫びたかった。こんな結果を望んでなどいなかった。

皇后となった彼女を支えたいと思い、軍人をやめて本来の職分に戻った。側に仕える自分に、彼女は最大限の敬意と信頼を寄せてくれている。だが、愛情ではない。

時々夢想する。自分たちが結婚して、どこかから養子をもらって大事に育てている家庭を。皇后になるより、彼女は間違いなくその方が幸せだったと断言できる。

なぜそうしなかったのか、生涯悔やむ。しかも、皇帝が彼女を皇后としたのは愛情によるものではなく、打算だ。後に愛情があることは知ったが、それはそれで賢《さか》しらな手を使い、彼女を騙《だま》して皇后に仕立てたようなものだ。

皇帝個人を許そうとは思わない。だが、同時に皇帝という地位に対して敬意を捨て去ることのできない自分もいる。

彼女への後悔ともども、それはもはや自分にかけられた呪いだ。

※

「そう思っていたのだが……いや実際、年をとるというのはいいものだな」

死ぬときはきっと、胸が焦げつくような思いとともに果てるのだろうと思ったが、存外穏やかに死を迎えようとしている。

自分が落ちついたというのはもちろん、皇后も皇帝も関係が落ちついたからだ。それに嫉妬ではなく安堵《あんど》を抱けているから、こうやって昔語りに打ち興じたりもできる。

「はは、わかりますよ……感想はご入り用ですか？」

「話を聞きに押しかけておいて、感想も押しつけるというのはさすがに無体ではないかね……といいつつも興味はある。だがさすがに疲れた」

「あっ、申しわけございません」

清喜が素の、焦った顔をする。要所でこういう素朴な態度を示すから、この男はやはり憎めない。

「少し眠ろうと思う。窓を閉めてくれないか」

「はい」

賢恭は目を閉じる。意外によく眠れそうだと思った。

梅花と麗丹

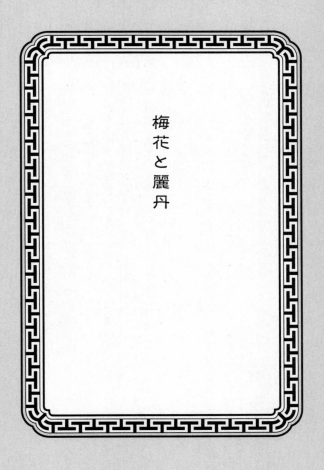

※

元杏《げんきょう》が部屋に入るやいなや、部屋の主《あるじ》の声が飛んできた。

「空気が悪いわ。窓を開けてくれる？」

否やはない。これは相手が重病人であるかどうかとは関係がない。それでも入室してすぐ窓のほうに向かうのに、杏はなにやらおかしみを感じる。

窓を開けると芳香が鼻をくすぐった。梅が咲いているのだ。

懐かしい人を思いだし、杏は目を細めた。

——あら、蝶《ちょう》。

今飛んでいるということは、今年羽化したものではなく、越冬したものだろう。杏は蝶についてはそのくらいのことしかわからない。帝姫《ていき》さまなら名前をご存じかしら……と、虫好きな皇妹のことを思いだす。

「そうしていると……」

背後から部屋の主——麗丹《れいたん》の声がかかる。

「あなた彼女に似ているわね。晩年の」

さもあらん。

よく言われることなので、杏はただ頷《うなず》く。

だいぶ食べるようになってから、梅花《ばいか》に似てると言われるようになったが、最近は特にそうだ。とはいえ、杏もそろそろ彼女が亡くなったころの年齢なので、梅花を知る者自体がだいぶ少ないのだが。

杏は麗丹の枕元に置いてある砂箱をちらと見た。足繁《あししげ》く通う杏との筆談のために、麗丹はいつもこれを置いている。

もう最近はあまり使わないというのに。

「本日のお加減は？」

ささやくような声でだったら、だいぶ話せるようになった。長くなると声ががらがらになるが、老女の声なんてだいたいそんなものと思っているので、杏は気にしない。

とはいえ言う内容がだいぶ端的な自覚はある。今だって「本日のお加減は（いかがですか）？」と言うべきところ、後半をはしょった。

麗丹はふんと鼻を鳴らす。

「お加減？　今日の昼過ぎにでも、ぽっくりいきそうよ」

言っている内容とは裏腹に、態度はたいへん元気である。

「だから今日はあなたに、だいぶ時間をとってもらったというわけ」

皇帝が信を置く女官である杏は、これでけっこう忙しい。だから時間の隙間を縫うようにしか麗丹には会えなかった。

そう、今日は時間がある。杏は麗丹の枕元近くにある丸椅子に腰掛けた。

「お化粧のお手伝いでも（しましょうか）？」

死に臨むにあたり、身繕いをしたいのだろうかと当たりをつけたが、違うようだ。

「いやよ。わたくしそんな、死ぬ直前まできちんとしていたい類の人間じゃないわ」

──そうだったのか。

むしろ逆だと思っていた……という思いを表情にのせる。長く話す可能性があるなら、喉の余力を確保しておきたい。

杏の表情から考えていることを、的確に読みとった麗丹が言う。

「仕事での姿勢と、私事での姿勢は違うもの。そう思うと武官はたいへんね……死が仕事と密接に結びついている」

言葉の後半はただの独り言だったらしい。麗丹は「それで本題はね」と、すぐに話を変えた。

杏が水を向ける前にぱっぱぱっぱと先に進めるのは、なるべく話したくない杏に対する配慮のためなのだろうが、麗丹の性格を熟知している杏には、彼女のせっかちさのせいと思えてならない。

「あなた梅花が亡くなる間際に、話を聞かされたのですってね」

「はい。内容を（お知りになりたいのですか）？」

嘘《うそ》をつく必要はないので頷いたが、「内容を聞かせろ」と言われると少し困るなと思った。内容があまりにも長すぎて、話しおわるころには喉が死ぬ。

それに、あまりにも昔のことだったから、ぜんぶ思いだせるかどうか……。

杏は梅花に聞かされたことを、ざっと思いかえしはじめた。

※

窓から差し込む光で、梅花は目を覚ました。

梅花は身を起こしながら、顔の横を流れる髪をそっと押さえる。

見れば太陽はずいぶんと高かった。昨日は宴《うたげ》に長時間拘束されたからか、いつもより起きるのが遅くなってしまった。

今日の予定はどうだったか……と考えながら、梅花は窓を開けようとする。庭の梅がそろそろ咲くころだった。様子はどうだろう。

しかしその手は、己を呼ぶ声によって止まった。

「梅花！」

呼び声は階下からのものだった。

「……はい！」

寝起きのややかすれた声で梅花は答え、薄い上衣を一枚羽織って房室から出た。

主が去った房室の窓の下では、まだ咲かない梅の木が春の日差しを浴びていた。


階下には四人の女──母と姉妹たち──が揃《そろ》っていた。

とはいっても、全員梅花とは血がつながっていない。母は「仮母《かぼ》」と言われる妓楼《ぎろう》の主人で、梅花の養母である。姉妹たちも一人を除いて、母と血がつながってはいない。

その全員が無表情で座していた。

「どうしました、かあさん」

そのどこか異様な光景に、梅花は思わずといったように声を発した。母は短い言葉で答える。

「あの段静静《だんせいせい》が死んだわ」

梅花ははっと息を呑《の》んだ。

段静静。

この花街に暮らす者ならば、彼女の名前を知らぬ者はいない。

美貌《びぼう》と多芸をもって、四方に名声を鳴りひびかせていた妓女《ぎじょ》だ。才色兼備という言葉を体現したかのような彼女は、花街の一等地である南曲《なんきょく》に居を構え、一流の文人たちを相手にする日々を送った。しかも宮妓《きゅうぎ》ではない市井の妓女であるというのに、皇帝の御前に召されることもままあるほどだった。

まさしく一代の名妓《めいぎ》と呼ぶにふさわしく、あらゆる風流人たちが、こぞって彼女と交流を持ちたがった。

梅花ももちろんその名を知っている。だが彼女が今息を呑《の》んだのは、偉大なる大先輩の死を悼む気持ちから出たものではなかった。

老いて容色が衰えた静静は貧困と病に苦しみ、場末の酒場で歌って日銭を稼ぐようになっていた。

そのことも含めて、梅花は知っているのだ。

そして今日、かつての名妓が、若かりし日が嘘のように落ちぶれたまま死んでいったこと。それは自らの前途を悲観するのには、十分な材料だった。

「病気？」

「たぶんね」

答えたのは、妹の一人である菊珍《きくちん》だった。

あいまいな回答に、梅花はけげんな顔をする。

「たぶん？」

「いつのまにか、北曲《ほくきょく》の酒場の横で野垂れ死んでいたのよ。だから正確な死因はわからないみたい」

わざわざ調べる人もいやしないから……彼女はそう言って、肩をすくめた。菊珍は比較的冷静に事態を受けとめているようだった。

反対にもう一人の妹と、姉はどこか青ざめていた。

「ねえさん、大丈夫ですか？」

梅花が姉である竹葉《ちくよう》の肩に手を置くと、彼女は口角をほんのわずか上げ、梅花の手に己の手を重ねた。ひんやりとしていた。

返事はない。彼女は口を利くことができないからだ。

それでも竹葉は妓女として、そこそこの地位を確立している。

しかしどこまでいっても、「そこそこ」を超えるものではない。名妓ですらみじめな死に方をしたのだ。それだけに、自分が老いたあとのことがなおさら憂えるのであろう。

菊珍が竹葉に、優しく声をかける。

「竹葉ねえさんは大丈夫よ。だって、あんないい旦那《だんな》がついてるもの。きっとそのうち落籍《ひ》《か》してくれるわ」

――ええ。

竹葉は頷《うなず》いた。そして菊珍の手に指を伸ばし、動かす。おそらく感謝の言葉を書いているのだろう。

竹葉のことは菊珍に任せ、梅花はもう一人の妹のほうを向いた。

「蘭君《らんくん》も」

「……はい」

彼女も顔を青ざめさせている。

「そうよ、まだ始まっていないんだから、終わりを悲観することなんてない」

母がここで口を開いた。蘭君は雛妓《すうぎ》といい、まだ一人前ではない立場だ。けれども、だからこそよけいに不安に思うところがあるのだろう……と梅花は思った。母の手前、口にすることはなかったけれども。

おそらく母もそういう機微をわかっていて、あえて言っているはずだ。

母はゆったりとした動きで頬杖《ほおづえ》をついた。物憂げなその姿は、娘である梅花から見てもどこかなまめかしい。

「あんたたちも、いい旦那を摑《つか》んで放すんじゃないよ。でないと静静みたいな末路をたどる」

「はい」

竹葉は頷き、梅花と菊珍は口々に返事をする。

「さて、梅花。ついておいで」

立ちあがる母に頷きながら、梅花は立ちあがる。赤子のころから母と一緒にいる彼女と、それから竹葉は母がどこに行こうとしているかわかっていた。

しかしそれほど長い付きあいではない菊珍は、問いかけてくる。

「かあさん、どちらへ？」

母は手短に答える。

「葬儀よ」

妓女にとってお互いは商売敵である。だが同時に自らの境遇を理解しあうことのできる仲間でもある。そしてある面では、同業者として連帯する者同士ですらあった。

花街では妓女がいくつかの班に分けられ、特定の妓女だけが宴《うたげ》に呼ばれることがないよう調整したり、班内でお互いの面倒を見たり……ということが行われている。そんなふうに共同体として、一つのかたちを確立しているのが花街だった。

また段静静は社交的で面倒見のよい女だったため、義理の姉妹の契りを交わした者が大勢いた。皆現役の妓女ではないが、中には妓楼《ぎろう》の女主人としてそれなりに身を立てている者もかなりいる。

たとえば梅花の母みたいに。

だから静静は、その気になれば頼る場があったのだ。それでも彼女が独り死んでいったのは、矜持《きょうじ》の高さのせいだ。

葬儀の場、いずこかの妓楼の女主人が、涙をこぼしながらぼやく。

「静児《せいじ》は……」

親しい者にしか許されない呼び方で段静静のことを語る彼女は、たしか同じ妓楼で育った妓女だった。

「自分が頼られる立場になっても、自分が頼る立場になるのはまっぴらな人間だったから……」

「そうでなかったら、こんな死に方なんてしなかっただろうに」

「死んでから初めて、助けさせてくれたわねぇ」

他の者たちも口々に言う。

そんななか、梅花の母がぽつりと呟《つぶや》く。

「でも」

「そんな女じゃなきゃ、『段静静』じゃなかった」

年増ではあるものの美しい女たちは、みな一様にため息をつき、「そうね」と頷《うなず》いた。

それが名妓というものだ。花街に生きる女ならば、皆わかっている。

「また一人姉妹が死んだわ」

葬儀の帰り道、母がどこか歪《いびつ》な笑顔を梅花に向ける。

「わたしもいつ死ぬやら」

「かあさん……」

「そうなったら、妓楼はあんたに任せるから、竹葉と妹たちを頼むわよ」

梅花は無言で頷いた。今日、自分一人が葬儀の場に同行させられた理由を、梅花はわかっていた。梅花の顔見せをしようとしたのだ。他の妓楼の主たちも、それぞれ自分の後継と見込んでいる妓女を連れていた。

梅花もそのことは覚悟していた。四人の中で、花街で生まれ育ったのは竹葉と自分だけだ。竹葉のほうが年上であるが、彼女は口がきけないうえに体が弱い。だから彼女にとって妓楼は重すぎる荷だ。

そうなると自分が担うしかないと、梅花はごく幼いころからそう思っていた。

「お前は四人の中で、一番頭がいいから」

けれどもそう言ってきた母に、梅花は苦笑いする。

「頭がいいのは菊珍ですよ」

容色は竹葉や梅花に劣るが、この商売は容色だけで売れるものではない。大切なのは客を楽しませられるかどうかだ。それは性的な意味だけに限らない……というより、それ以外の意味での楽しませ方のほうがはるかに重視される。

その点菊珍は、詩歌《しいか》に精通しており、弁舌が巧みで卓上の遊戯にも強い。しかも舞も上手《うま》い。今花街で一番売れている妓女《ぎじょ》は彼女だ。つまり現状、もっとも段静静に近い存在だった。

それにひきかえ、梅花は歌しか取り柄がない。この取り柄に自信はあるものの、それに並ぶほどの取り柄がないのだ。だから梅花には幾人か固定客はついているものの、妓女としては中堅の立場だった。

そんなふうに冷静に自分と妹を捉《とら》えている梅花に、今度は母が苦笑いを向ける。

「あの娘は割りきりが足りない」

「………」

そんなことはない、と妹を擁護できればよかった。だがそうかもしれないな、と思ってしまったから、梅花は黙ってしまった。

梅花は花街で生まれた。

そして花街で育った。

きっと花街で死んでいくのだろう。

そんな自分を梅花は熟知している。他の世界を知らないから、他の未来を考えることが難しい。だが菊珍は違う。

彼女は、地方とはいえ高級官僚の娘だった。学識が高いのもこの生いたちのおかげだ。ところが早くに父を喪《うしな》い、しかも側室腹だったため、正妻に花街に売られたのだ。

そんな立場でなにもかもを割りきれるはずがない。

その点、菊珍と似た立場である蘭君のほうが割りきっている……というか、諦《あきら》めている。

彼女は仕官のために各地を転々とする父についていたが、ついに生活が苦しくなって花街に入ることになった。

幼いなりにもう限界だとわかって身をやつしたうえに、実の家族にもどこか虐待じみた待遇を受けていた彼女は、しかたがないということがわかっている娘だ。地方で妓女になるより、この帝都で妓女になる今の立場はまだましだということも。

「それでも菊珍はよくやっていますよ」

「そうね……だから、これ以上を望むのは酷ってもんよ」

「そうですね」

これについては、梅花もまったくの同意見だった。

「さ、少し急ごうか。今日はお前、呂《りょ》の旦那の宴席に呼ばれてたね？」

「そうですね。久々のお声掛かりですので、緊張します」

「よく言う。そういうところで緊張なんてしたことがないくせに」

呆《あき》れたような母に、梅花はふふと笑った。


夜の宴《うたげ》のために、梅花は着飾ることに余念がなかった。蘭君に手伝わせながら、着々と身支度を調える。

「ねえさん、今日はどう結いますか?」

「呂さまは柔らかい印象のほうがお好きだから……」

どうしてその装いにするかを、詳しく説明しながら決めていく。蘭君の勉強も兼ねているのだ。

「では眉《まゆ》は、秋娘眉《しゅうじょうび》ですね」

「そのとおりよ」

言って梅花は鏡に向かう。眉を描くことは、化粧で一番重視される。だから眉には多様なかたちがあり、それらにはすべて名前がついている。

準備を終え、最後に肩掛けを身にまとう。

「そろそろ迎えが来たかしら」

絹の靴を履きながら外のほうに顔を向けると、蘭君は「外を見てきますね」と言って房室を出ていった。ほどなく戻ってきた彼女は、迎えの輿《こし》が来ていることを梅花たちに告げる。

「では行きましょう」

房室を出たところで、梅花は菊珍と出くわした。梅花は少し驚いた。

「もう起きたの？」

夜になる前に、菊珍は午睡をとる。いつもの彼女ならば、もう少しゆっくり寝ているはずなのだが。

「今日は房《ぼう》さまのお相手を任せてくれたでしょう。だから、早めに起きて準備しないとと思って」

「そうね、よろしく頼むわ」

梅花は頷く。房節《せつ》というのは、梅花の客の一人だ。今日は梅花が宴に出るために相手ができず、かといって彼を断ることもできず、代わりに菊珍に相手を頼んだ。房にとっても悪い話ではないはずだ。梅花より格上の妓女に、いつもと同じ料金で相手をしてもらえるのだから。

「でも頑張りすぎて、ねえさんからお客を奪うような真似《まね》はしないわ」

「別に取ってもいいわよ。ただその場合は、今日より料金が上がるということ、房さまにお伝えしておくのよ」

なんといっても今日の料金は、特別にお安くしているのだから。

その点についてはきちんとしておくようにと真顔で釘《くぎ》を刺す梅花に、菊珍はころころと笑った。

「もう、ねえさんったら、いつもそう。こだわりがないんだから」

「そうかしら」

梅花は小首を傾《かし》げた。別にこだわりがないわけではないが、梅花にとってのこだわりは、どうすればこの妓楼全体の益になるかだ。

「……そろそろ時間だわ。行ってきます」

「はい、行ってらっしゃい」

階下へ向かう梅花に、菊珍は笑って袖《そで》を振った。

宴は盛りあがり、もらった料金にふさわしいぶんだけの働きをした。

梅花は自分の仕事に少なからず満足感を覚えながら、今日の伴奏を務めてくれた妓女に挨拶《あいさつ》をする。なかなかよい腕前だった。彼女とはまた仕事をすることもあるだろうから、つなぎを作っておこう。相手もそう思っているようで、お互い自分のことを紹介しあう。

しかし相手は梅花の妓楼《ぎろう》の名を聞き、ふと怪訝《けげん》な顔になった。

「あなたのところには、あの竹葉がいるのでは？」

梅花は苦笑して返す。

「今はどこのお呼びにも応《こた》えられないのよ」

こういう物言いの場合、普通ならば相手の体調不良を疑うところである。だがこの花街では別の意味を持つ場合がある。

「まあ……それはよかったわね」

梅花がそういう意図で言っていることが、わかったのだろう。伴奏の妓女はにこやかに笑った。

そんな彼女たちに、豪放な声がかかる。

「どうした梅花、まだ戻らぬのか？」

梅花は甘えを含んだ笑みを浮かべて、声の主のほうを向く。

「呂さまのもとを離れがたくて……」

「上手だな」

そう言いつつも、呂氏はまんざらでもなさそうだ。

「しかしやはり宴にはそなたの歌がなければ興が乗らぬ」

「まあ嬉《うれ》しい。わたくしのことなどお見限りになったのかと、寂しく思っておりましたの」

「まさか！　この私がお前を見限るなどあるわけがないだろう」

こういうかけひきのようなやりとりを、梅花は特に楽しむでも悲しむでもなくこなすことができる。慣れているから……というものでもない。はじめからそうだった。きっと終わりもそうなのだろう。


妓楼に戻ったころには、もはや朝が近かった。

花街にとっては、これが『夕方』である。そろそろ寝る準備を始める時間だ。

「ただいま戻りました」

「おかえりなさい」

梅花の声に、蘭君が顔を出す。

「着替えをするわ。手伝ってちょうだい」

「はい。お湯を持ってきますね」

房室に戻り、結いあげていた髪をほどく。その髪に触れる手があった。

「ありが……」

いつの間にか入ってきた蘭君が髪を梳《す》いてくれようとしているのだろうと思い、礼を言いながら振り返ったが、そこにいたのは竹葉だった。

「……ねえさん、なにか用ですか？」

梅花は彼女に片手を差し出しながら、問いかける。竹葉はその手をとって、指を滑らせる。

――呂さまの宴席に呼ばれたと聞いたわ。

「ええ、そうです」

梅花が頷《うなず》くと、竹葉は眉をひそめた。

――今日の宴席は、わたしも呼ばれていたのではなくて。

梅花はあいまいな返答をする。

「……呂さまはお声がけをなさりたかったようですが」

――聞いていないわ。

「仕方がないことです。今ねえさんは、他のお客をとれないのですから」

今の彼女は、「買断《ばいだん》」といって、特定の客に独占されている状態だ。はかなげな美貌《びぼう》と、口をきけないという不遇の立場、そして際だった演奏が男の庇護《ひご》欲を誘うのか、竹葉には熱狂的な客がついている。その一人が大金を払って彼女を囲い込んでいるのだ。

菊珍が「あんないい旦那《だんな》がついてるもの。きっとそのうち落籍してくれるわ」と言ったのは、その事実による。

そういうわけで竹葉は、役所がらみの宴でもない限り他の客をとることも、宴席に侍《はべ》ることもできない。そんな自分の立場をわかっているはずなのに、彼女は拗《す》ねたような顔をした。

——あなたの歌に、わたしの演奏がないなんて。

梅花は口元に笑みが浮かぶのを感じた。なんてかわいらしい人だろう。この人は妓女《ぎじょ》でありながらも、いつまでも無垢《むく》なところを保っている。

梅花は竹葉をそっと抱きしめてささやいた。

「わたしも、ねえさんの伴奏が一番です」

梅花の最優先事項はこの妓楼だ。それはこの花街で、梅花の大事な姉妹を守る場だからだ。だから姉妹のために、梅花はこの妓楼に尽くすのだ。

しばらくの間抱擁していると、身を離した竹葉は再び梅花の手をとって、文字を記しはじめる。

——着替えが終わったら、菊珍のところに行ってくれる？

「ええ。房さまのお相手の様子について、聞きにいくつもりでしたが……」

——房さまがお帰りになってから、少し塞《ふさ》ぎこんでいるの。

「なにか手抜かりがあったのですか？」

——そういうことではないと思う。確かに房さまのお帰りは早めだったけれど……。

「そう……ですか」

梅花は頷《うなず》き、姉と、お湯を持ってきた蘭君に手伝ってもらいながら、急いで着替えた。

そして詩歌《しいか》集を携えて、菊珍の房室へ向かった。

「菊珍、まだ起きているかしら？」

「ええ」

「入っても？」

「もちろんよ」

菊珍の声は明るかった。

だが花街の女の常として、梅花は感情の機微には敏感だ。その中でも声からなにかを悟ることに関しては、人一倍鋭い自信がある。

そんな梅花は菊珍の声を聞き、眉をひそめた。確かにこれは塞ぎこんでいる。

房室に入ると、菊珍は一人碁を打っていた。

「今日は房さまのお相手、ありがとう」

「いいのよ。疲れることもないお相手だったし」

「そう、よかった」

梅花は当たり障りのないやりとりをするだけで、あえて様子を聞きだそうとはしなかった。

「歌についてちょっと聞いてもいいかしら？」

「ええ、なに？」

菊珍から話を引き出すには、時間がかかる。そのことをわかっているから、梅花は口実を用意していた。

「今日の宴《うたげ》で、ほかの歌妓《かぎ》がこの詩を歌っていたの。とてもよかったから、わたしも練習したくて。よかったらわたしの解釈を聞いてくれる？」

「いいわ」

歌妓という立場上、梅花は詩歌に精通している菊珍に意見を求めることがままあった。

菊珍も数多い特技のなかで、特に詩歌を好むため、嫌がったためしがない。

詩は若い娘に想《おも》いを寄せる青年の気持ちを詠んだものだ。題材としてはとりたてて珍しいものではない。

言葉選びもどこか稚拙であるが、それだけに率直な気持ちがにじみでるものだ。だから詩書に記されるのだろうと、納得できるほどに。

文字を指でたどりながら、菊珍がぽつりと呟《つぶや》いた。

「この青年は、一途《いちず》ね」

「そうかもしれないわね」

さらりと返す梅花に、菊珍が「あら」と声をあげる。

「ねえさんは、こういう人は嫌いなの？」

「嫌いもなにも、出会いようがないもの。一途な殿方なら、まず花街になど来ないでしょうに」

梅花に皮肉を言ったつもりはない。

「……ねえさんらしいわ」

菊珍がふふっと笑う。

「でも、そう思うのだったら……ねえさんにこの歌は、あまり合わないのかもしれないわ」

「そうかしら……」

菊珍の意見はどこか失礼であるが、姉としてその率直さには慣れている。

「きっと、誰よりも上手に歌えると思うけれど」

それに最後には、必ず一言褒めるのもわかっているから。

「……もうそろそろ寝ましょう。姉さんは疲れているでしょ」

菊珍は付けくわえるように言った。梅花は頷く。

「ええ。また付きあってくれる？」

「もちろん」

梅花は菊珍の房室をあとにした。なるべく時間を作って、彼女と一緒にいようと思いながら。

菊珍はいつも、どこか皮肉げな態度で心を囲いこんでいるが、一度塞ぎこむとどんどん悪い方向へ思考を持っていく。それも他人に悟らせないように。

——難しい子だわ……。

苦笑しつつも、梅花はそんな彼女のことが嫌いではなかった。そんな彼女とこれからも付きあっていくのだろう。

そう思っていた。

それからほどなくしたある日、梅花は厳しい顔をした母に呼ばれた。

姉妹たちは皆不在だった。官庁で行われる式典に呼ばれていたからだ。正式には呼ばれたのは竹葉と菊珍で、半人前の蘭君はそのお供……という名の顔見せに行っている。

本当だったら梅花もいくはずだった。しかし今日は、喉《のど》の調子が少しよくなかったから、大事をとって一人だけ妓楼《ぎろう》に残っていた。

自室で寝台にもたれ、詩歌集を読んでいた梅花は、階下から母に呼ばれ、顔をあげた。

一枚羽織ってから向かう。

「どうしました？」

段静静が死んだときをはるかに超える深刻な雰囲気で言われた内容は、雰囲気と違《たが》わず確かに深刻だった。

「公妓《こうぎ》の選抜？」

公妓とは宮妓と官妓《かんぎ》のことだ。

前者は芸で宮城に奉仕する妓女《ぎじょ》のことである。皇帝の日々の無聊《ぶりょう》を慰めたり、典礼の際に歌舞音曲を提供したりする女たちだ。後者は官庁に所属する者たちで、やはり公式行事において芸を披露する。

社会的な地位としては、梅花たちのような私妓《しぎ》と呼ばれるものたちよりも幾分か高い。だがその扱いは時代によって違っており、今の時代は公妓にとっては最悪といっていい状態だった。

そもそも選抜が必要になった原因自体が、彼女たちの不遇の証《あかし》のようなものだ。

「ほら、この前の戦の褒美でだいぶ出したから」

皇帝は最近行われた出征で武勲をあげた者たちに、褒美として公妓を賜っていた。その結果、数が足りなくなったのだ。しかも当今は、だからといって儀式や宴の規模を縮小するような人間ではない。

公妓は芸を献じる立場としてそれなりに尊重されるが、身分のうえでは下働きと同じ賤《せん》民《みん》で、所有される立場だ。したがってなにかのときには、物のように所有権が譲りわたされる。その点、自由度は梅花たち私妓のほうが圧倒的に高い。

だからあの段静静も、かつて皇帝に宮妓になるよう要求されたのを断ったのだ。そして皇帝直々のご指名を断ったとして、彼女の名声は絶頂を極めた。

だが今回は、断って名声があがるというような事態ではない。

「お断りはできないの？」

無理だとわかっていつつも、梅花は問わずにはいられない。

花街の妓楼は、独自に運営されている。しかし実際のところ所属する妓女たちは、「教《きょう》坊《ぼう》」という公的な機関に籍が置かれている。したがって実をいうと、広い意味では梅花も「官妓」に分類される。

だから買断されていたとしても、今日の竹葉のように役所関係の行事に出る義務があるし、このような要請を断ることはできない。

案の定、母は首を横に振る。

「それに妓楼を名指ししていたから、必ず一人出さないと」

「そんな……」

断るどころの話ではない。もはやそれは実質的な徴発だった。

妓楼の名を背負って出るからには、落ちることは許されない。落ちようものならば妓楼自体の格が下がるからだ。

「お前を出すことはできない。だからわたしは、菊珍しかいないと思ってる」

「……はい」

竹葉は口がきけないという点で、選抜の条件に満たない。蘭君はまだ雛《すう》妓《ぎ》の身分だ。一人前ではない者を出すことはできない……というのは口実だ。これまで彼女を育てるために、この妓楼はたいへんに金をかけている。彼女の水揚げの際に入るその儲《もう》けがなければ、妓楼が傾いてしまう。

したがって残るは梅花か菊珍である。なぜ菊珍のほうを選んだのか……それは菊珍のほうが格上の妓女であり、間違いなく選ばれるであろうから、というものではない。

梅花は母の思考が手にとるようにわかっていた。

——どちらが竹葉の人生の面倒を見てくれるか。

四人の姉妹のなか、竹葉だけは母の実子だ。

そうでなければ、彼女は妓女にはなれなかっただろう。辛辣《しんらつ》な目でみれば、彼女は生まれつき不利な条件を持っているのだから、この花街でわざわざ手をかけて芸を仕込むなど、実の親でもなければするわけがない。

そしてそこまでして竹葉を育てただけに、母の竹葉への情は深い……というより、元々この人は懐に入れた人間に対して情が深くて、実子ではない三人もほんとうにかわいがってくれた。仮母が妓女をいたぶる話がそこら中に転がっている、この花街で。

それだけに、我が子に対する彼女の気持ちが強いものだということは、梅花にはよくわかっている。

母が案じているのは、竹葉が妓女として働けなくなったあとのことだ。

彼女は誰かに助けてもらわなくては、生きていけない。

梅花は彼女の死まで面倒を見るつもりでいる。宣言したことはないし、頼まれたこともないが、そう思っていることを母は知っている。その点、なさぬ仲でも赤子のころから一緒にいた仲だ。お互いの思うことはよくわかっている。

だが菊珍は？　彼女は竹葉の面倒を見てくれるかもしれない。

だがそれは、「かもしれない」ところまでしか梅花にはわからない。それは母も同様なのだ。

梅花はうなだれた。

ひどい人間だ。母と、自分は。

――わたし自身、菊珍がねえさんの面倒を絶対見てくれると確信できないから、「わたしが行きます」と言えない。

「……菊珍なら、きっと大成しますよ」

公妓のなかでも、民間から選ばれて入った者は、ほかよりも優遇されると聞く。ましてや菊珍のように実力のある妓女ならば。

だからよほどのことがない限り、誰かに渡されることもないはず。

けれどもそんな考えは言い訳にすぎないし、もしかしたらそんなふうにずるいことを考えたから、罰が当たったのかもしれない。

話を終え、二人で無言で茶を喫していると、蘭君がいきなり帰ってきた。

「かあさん！　ねえさん！」

「どうしたの？」

「宴は？　まだ途中でしょう？」

しかも髪を振り乱して、走って。

これはただごとではない。母と二人、蘭君にかけよる。梅花が背中をさすると、蘭君は咳《せ》きこみながらも言葉を発した。

「ねえさん！　ねえさんが！」

「どっちのねえさんだい」

まるで要領を得ない言葉に、母が聞きかえす。

「し、し……」

ここで蘭君はぶわりと涙を浮かべ、床に伏した。しかし、いちばん大事なことを言い切ることだけはした。

「死んじゃった……！」

泣きじゃくる蘭君の上で、梅花は母と顔を見合わせる。そして同時に立ちあがる。どちらが死んだのかはわからない。だがとにもかくにも確認をしなければならなかった。


梅花たちを出迎えたのは、板に乗せられた死体だった……竹葉の。


一声叫んで崩れ落ちる母の身を支えながら、梅花は竹葉の体にすがりついていた菊珍に問いただす。

「なにがあったの!? どうしてねえさんが！」

菊珍はのろのろと顔をあげ、唇を震わせて言った。

「無礼だって……」

「なにが!?」

「話さないのが」

竹葉の演奏に感激したある武官が、言葉をかけたのだという。しかし竹葉の返礼はすべて無言で行われたため、これを侮辱と感じたその者が激怒し、その場で竹葉を斬り殺したのだとか。あっというまのことで、誰も止められなかったという。

「ねえさんが話せないなんてこと、この界隈《かいわい》の人間だったら、みんな……！」

人気はそこそこではあったものの、口をきけない妓女というのは、それだけで話の種になる。だから彼女は、物珍しい存在として名前は知られていた。

しかし菊珍は首を横に振った。

「遠方から招かれた人だったから、そのこと、知らなかったのよ」

「なにそれ……どこの誰なの！」

「長官に問いただしたけど、教えてくれなかった」

その代わり、竹葉の不名誉にならないように、場をとりつくろってくれたと……。つまり客側を悪者にする代わりに、彼の評判に響かないよう、その名前を公開しなかった。相手は地方に籍を置く者だったため、話はそこまで広がらず、収束した。

——なるほど、それは上手な処理だ。

梅花の頭の中で、冷静な声が響いた。このような場で妓女が手討ちになったとしても、相手は罪には問われない。自分たちはその程度の存在だから。それなのにそのような措置をとったというのは、温情とすら言えるかもしれない。

ここの長官は女性だ。妓女に籠絡《ろうらく》されることのないという点で手強《てごわ》い相手であるが、半面妓女に対して配慮をしてくれることもある。今回がまさにそれだ。

自分たちは「そこまでしてもらった」と思うべき立場だ。

だから、これ以上追及はできない。

母の体の重みが梅花の腕にかかる。彼女の体を抱きしめながら、梅花はやるせない想《おも》いに、ただただ唇を嚙《か》んだ。血の味が口中いっぱいに広がっても、ずっと。


一月後。

庭に出た梅花は振りかえり、自分が育った家をじっくりと眺めた。

今度ここに帰ってくるのはいつになることか……そんなことを思いながら。

「梅花」

妓楼《ぎろう》の中から母が出てくる。この一月で彼女はずいぶん痩《や》せた。

「かあさん。中で休んでいてください」

「お前を行かせてしまうのに、見送りをしないわけがないだろう」

母の声にはどこか後悔が滲《にじ》んでいた。

「そんな顔をしないで、かあさん」

梅花は微笑《ほほえ》んだ。作り笑いだと母は気づいていただろう。

梅花は竹葉の葬儀のあと、母に言った。選考には菊珍の代わりに自分が出ると。菊珍に行かせる理由はもうなくなってしまったから。

その言葉に母は無言で頷《うなず》いたあと、静かに泣いた。

そして呟《つぶや》いた――自分がお前をそういうふうに育ててしまったと。

「……お前はもしかして、竹葉の敵を討ちたいのかい？」

そう問いかける母の言葉に、梅花は少し考えた。確かに宮妓になれば、武官だという竹葉を殺した相手と接する可能性はある。

だがあくまで可能性だ。それもかなり低い。

「そうできたら嬉《うれ》しいですが、きっと無理でしょうね」

淡々と答える梅花に、母は苦笑いを顔に浮かべる。

「お前らしい言い方だね。お前はずっとそういうふうなのかね」

「どういうことですか？」

「わからなくていいの。それで生きていけるのなら、それがいい」

言って母は、梅の木に手を伸ばし、一枝手折る。

「一輪だけ残っているわ。最後の梅と一緒に行くといい」

「ありがとう」

差し出された枝を、梅花はそっと受け取った。

「……時間ね」

「はい」

迎えに来た輿《こし》に梅花は乗りこむ。

母は妓楼《ぎろう》の中には入らない。最後まで見送るつもりらしい。

梅花はそっと目尻《めじり》を押さえた。菊珍と蘭君を外出させていてよかったと思った。妹たちには涙を見せたくない。

輿に揺られながら、梅花はこの先の未来に思いをはせる。

これから自分は歌妓《かぎ》として喉《のど》が嗄《か》れるまで歌い、そして歌えなくなったときに宮城を辞すのだろう。そのあとはなにかが理由で死ぬだろう。多分病で。

花街で死ぬと思っていた未来と、少し違っている。だが大差はない。だから梅花は特に期待はしていなかった。

その予想は実際の未来――宮城に入ってすぐ奴婢《ぬひ》の身分に落とされ、そこから女官として立身していくというものとはまるで違うものであった。ましてや自分が皇后の側仕《そばづか》えとなり、主《あるじ》を叱り飛ばす日々を過ごすようになるとは、このときの梅花はまるで思っていなかった。

そして自分が、母の言うところの「そういうふうな」人間ではなくなってしまうことも。

このときの梅花は、手にした枝から最後の梅がこぼれ落ちてしまわないかどうかだけを、ただ心配していた。

十八歳の春が、終わろうというところだった。


「それにしても、あんたも大変な目にあったねえ！」

同輩にそんなことを言われ、梅花は洗濯物を叩《たた》く槌《つち》を持つ手を止めた。そしてちょっとだけ黙考した。それを悲嘆と受けとめたのか、相手は慌てて梅花の背中を撫《な》でさする。

「ああ、悪かった、悪かった。思いださせちゃったねえ」

「……いえ。ただ確かに大変な目だったな、と思いまして」

「そうだろうねえ」

太り気味の女は、更に激しく背中を撫でてきた。摩擦でちょっと熱い。

女が言う、「大変な目」とは梅花が宮城に入るまでのいきさつではない。もちろんそれも十分大変ではあった。

しかしそれを超える出来事が、そのあとに待ちかまえていたのである。

生まれ育った妓楼を出た梅花は最初、帝都の北側にある仙韶院《せんしょういん》という場所に入った。ここは妓女《ぎじょ》を含む楽人たちが技芸を磨くところである。梅花は宮城に入る前に、ここで一時的に待機することになった。梅花にとっての一大事件は、このときに起こった。

ある日仙韶院に、現在もっとも皇帝の寵愛《ちょうあい》を受ける沈貴妃《しんきひ》が訪れた。

もちろんそれは、偶然の出来事ではない。貴妃は明確な意志をもって仙韶院を訪れた。

その理由は、皇帝に関係があった。

現在の皇帝は芸事に造詣《ぞうけい》が深く、寵愛する者は一芸に秀でた者ばかりである。たとえば皇后である印《いん》氏は舞が巧みで、沈貴妃は、歌が上手《うま》かった。

そう、梅花と同じ特技である。

したがって貴妃にしてみると、歌妓は皇帝の寵愛を自分から奪いかねない敵だ。

もちろん妓女と妃嬪《ひひん》とでは立場が違うが、皇帝が気に入りさえすれば性的な奉仕もするという点では同じである。したがって貴妃にしてみれば排除するべき存在だった。

沈貴妃はまず皇帝に働きかけた。皇帝が聴く前に、歌の得意な自分が品定めをしたいと。

そして仙韶院に行く許可を正式に得た彼女は、歌妓たち全員の歌を聴いた。

そして自分の脅威になりかねない者を、「このような者の歌、大家《たいか》のお耳に入れるに足りぬ」と言って、奴婢として後宮の隅に送りこんだのだ。

要するに、梅花を。

あまりの出来事に、さすがの梅花も呆然《ぼうぜん》とするしかなかった。

彼女にしてみると、貴妃に歌を披露していたらいきなり引きずりだされたのだから、青《せい》天《てん》の霹靂《へきれき》としか言いようがない。

気づいたときには絹の着物をはぎとられ、粗末な衣に着替えさせられていた。そして馬車に押しこめられ、降ろされたところで簡単に事情を説明された。もちろん梅花には、「貴妃さまのご不興を買った」としか説明されなかったが、彼女が事態を把握するにはそれで十分であった。

しかしだからといって、事態を打破するような手段など梅花は持ちあわせていなかった。

かくしてここに、梅花の下働き生活が幕を開けたのである。

とはいえ当初、梅花は働こうにも働き方がまったくわからなかった。

無理もない。身分自体が低いとはいえ、梅花は労働にはまったく従事せず、教養と芸事だけを磨いて成長した娘である。

しかし梅花にとって幸いなことに、周囲には彼女に同情的な者が多かった。情のない場所といわれる後宮で、そんな人間が複数人いるというあたり、梅花の受けた仕打ちの酷さがうかがえるというものである。

もちろん梅花に対し、悪しざまにあしらおうとする者もいた。だが梅花は、それには頓《とん》着《ちゃく》しなかった。自分が重視すべきなのは、自分に同情的な人物だということをわかっていたからだ。

彼女たちの憐憫《れんびん》は、梅花の振る舞い次第では、あっという間に吹きとんでしまう程度のものだ。だから梅花はつとめて慎《つつ》ましく、周囲に教えを請うよう心がけた。

また梅花の飲みこみが早いところも感じがよかったのだろう。周囲の感情が、最初は淡い憐《あわ》れみ程度の消極的なものだったのが、好意という積極的なものにまで発展するのにそれほど時間はかからなかった。

ここでようやく梅花は寄せた眉《まゆ》を伸ばした。ついでにそのころには、洗濯物のしわも上手に伸ばせるようになった。そしてそのことに、達成感を得るようにもなっていた。

実をいうと梅花は、自らが置かれた状況に、悲観はしていなかった。

ただもしかしたら、他の妓女ならば死より辛《つら》い状況なのかもしれない。場合によっては自殺するくらいの。貴妃はそれを狙って、梅花をこの立場に置いたのかもしれない。

――だとしたら狙いは外れだわ。

梅花はほくそ笑んだ。

あの日、歌っている最中に引きずりだされたとき、自分の死を覚悟した。その恐怖に比べれば、今の苦役はたいしたものではない。

それに今の梅花は、いつでも自分の意志で死ぬことができるのだ。

奴婢の立場になった時点で、貴妃の命により梅花の籍は教坊から抜かれた。それは書類上で母や妹たちと縁が切れたということである。したがって梅花が自殺しても、彼女たちが連帯責任を負うことはないのだ。

梅花はそれが、とても嬉《うれ》しかった。

同時に、それ以前がとても辛かったのだと悟った。

後宮の一角、そこから一生出られないかもしれないという状況――皮肉なことに、そんな立場になって初めて、梅花は自由を感じていた。

自分の将来を自分で選ぶことができる。なにを選びたいのかわからなくても、それを模索すること自体、自分の都合のいいように過ごすことができる。

だから梅花は幸せだった。

もう彼女は妓女《ぎじょ》ではないのだ。

奴婢としての梅花は、めきめきと頭角を現していった。

冷静で、それでいて人の感情の機微に聡《さと》く、頭の回転も速い。

そんな彼女が周囲に重んじられるようになるまで、さほど時間はかからなかった。同時に、梅花に悪感情を抱く者も増えていった。

梅花はその事実について思うことはなかった。一つの状態は、相反する現象を招くことがままある。

優秀だから、頼りにされる。

優秀だから、疎まれる。

以前自分がここに来たときだって、同情されたのも、いじめを受けたのも同じ理由からだ――梅花がとてもかわいそうな人間だから。

世の中はそういうふうにできている。だから割りきって、自分にとっての利益を追求し、不利益を排除するべく動こうと梅花は思っていた。後宮でそれは、とても賢明な生き方だった。

ただ同時に、感傷的な面が自分の心に存在していたのを、この時期の梅花は初めて知った。

梅花にとって歌は、彼女を妓女たらしめる最たる要素だった。

だから妓女ではない自分には、もはや必要のないもののはずだった。けれどもときおり、歌わずにはいられない気持ちになった。それは妓女である母と妹たち、そして亡き姉のことを思うときだった。

歌うときに梅花は、ほんの少しだけ妓女である自分を取りもどし、そして彼女たちとつながっている気持ちになれた。

そうして姉のために涙を流し、母と妹たちの身を案じた。

今の梅花には外部の情報を得る手立てがなかった。そんなときだけ、もしも自分が宮妓のままだったら、と思ったりもした。諦《あきら》めが悪い、という気持ちが自分にあるのもこの時期に知ったものだった。

宮妓は日常生活においては妃嬪《ひひん》よりも自由度が高い。特に選《え》りすぐりの宮妓が入る宣《せん》春院《しゅんいん》の住人になれば、家族に自由に会うという特権が得られる。

自分の歌ならば、それも夢ではなかっただろう。そんな考えが梅花の心中によぎることがあった。それは根拠のない自信ではなかった。梅花が今この場にいることが、その証《あかし》だった。

宣春院に入った妓女は、皇帝と接触する機会が格段に多い。だから貴妃はそうなりかねない女――梅花を排除したのだ。

皮肉なことに貴妃の仕打ちが、梅花の技量の高さを裏打ちしていた。

しかしそれも過去のことだ。

以前と違って、練習する時間のまったくない喉《のど》は日々衰えている。歌うたびに、そのことを突きつけられて、少し落ち込み、やがて立ちなおる……梅花はそんな日々を過ごしていた。

人に乞《こ》われて、歌うこともあった。

後宮という場は、妃嬪たちでさえ倦《う》んでいる場所だ。ましてや奴婢《ぬひ》たちは娯楽に飢えている。そんな彼女たちにとって、梅花の歌は慰めになっていた。

梅花にしても、夜間に人さまのご迷惑にならないよう気をつかって歌うのは面倒くさいから、堂々と歌う環境が得られるのはありがたい。

だからそういう気持ちになったときには、一曲歌ってもいいかしら？　と自分から持ちかけるようにもなった。感傷は打算と両立するらしいとも思いながら。

そんなふうに、ある程度割りきって生活していたある日、梅花は一人の妃嬪に呼びだされた。

沈貴妃ではない。別の妃嬪だ。

このころ、梅花は一人の女官の下働きになっていた。

彼女に連れられて向かった先には、一人の美しい女がいた。だが美しい女ならば、自分を含めていくらでも知っている。

梅花は自分以上姉以下、ただしやや年増だから総合的には自分と同等だなと見定めながら、主と並んで平伏する。

「徐徳妃《じょとくひ》さまに拝謁いたします」

「楽になさい」

許しをもらって身を起こす梅花に、徐徳妃は柔らかい笑みを向ける。

「劉《りゅう》梅花と申したな」

「はい」

頷《うなず》いた梅花に、彼女は問いかける。

「そなた、貴妃を恨んでおろう？」

笑みの柔らかさに反して、視線は鋭かった。

それを受ける梅花は、一瞬もためらわなかった。

「いいえ。そのようなことは断じてございません」

「ほう？」

視線がさらに鋭さを増した。

梅花の言っていることは、本音である。沈貴妃に対して恨みはない。

冷静に評価すれば彼女は、危険に飛びこむほどほどの勇気と、度を越えない我慢強さと、自分が処理できる範囲をわきまえている頭の良さを持った女性だと思っている。

梅花を奴婢に引きずり落とした一件、あれは貴妃も多少なりとも危険を負っていたはずだった。なんといっても公妓が不足している折に、せっかく集めた者を使えない状態にしたのだ。しかも人目がある場で。表沙汰《おもてざた》になれば、彼女の立場は悪くなる可能性がある。

それでも決行したのは彼女に勇気がある証《あかし》だ。

そしてあの場には、梅花ほどではなくても歌の上手《うま》い者は数名いた。そうであるにもかかわらず、その者たちには手を出さず一人に絞ったこと。そして舞などの他の技芸には、一切手を出さなかったこと。

それは彼女の自制心と、一人だけならば言いわけのしようもあるという判断によるものだ。

その結果彼女に目をつけられたのが梅花であるというのは、巡りあわせが悪かったとしかいいようがない。もうほんとうに、それ以外の表現ができない。

ということは、それだけの話なのだ。

もっとも、ここまで沈貴妃を擁護しておいてなんだが、好感についてはかけらも持っていないが……というところだけは省いて、梅花は徳妃に説明してのけた。

彼女がここまでぶちまけているのは、覚悟があってのことだ。

今の主——墨尚楽《ぼくしょうがく》は、梅花が奴婢になったいきさつを知っている。その彼女が貴妃以外の妃嬪に引き合わせようとした時点で、梅花は手駒にされることを覚悟した。

手駒くらいならばまだいい。だが捨て駒にはなるまいという決意があった。たとえば他の妃嬪に毒を盛る下手人として扱われるような。

たやすく扱えるような娘ではないということを示すために、今ここで梅花は、思っていることをすべて述べたのである。

梅花を見下ろす徐徳妃の眼差《まなざ》しが、ふと柔らかくなった。

そして墨尚楽に顔を向けた。

「墨尚楽、そなたが見込んだことはある」

「わたくしも驚きましたわ。ここまで胆力のある娘だったとは」

苦笑いしている彼女はちら、と梅花に顔を向ける。やはり読まれていたか……と、梅花は背に冷たい汗が一筋流れるのを感じた。手は打っているとはいっても、多分に誇張を含んでいるのは確かだ。今の梅花には、まだできることが限られている。

「……確かにこの娘は、徳妃さまのおっしゃるとおりにするほうが、もっともよいでしょうね」

どこかためらいがちに言う墨尚楽に、徐徳妃は面白そうに笑った。

「宣春院に未練があるのか」

「いささか。やはり惜しい才ですから」

「かなり時間が経《た》っているはずだが。錆《さ》びついているのでは？」

「喉には休養も必要ですわ」

梅花は二人の会話を無言で聞きながら、自分の出方を考えあぐねていた。彼女たちは自分になにをさせようとしているのか、見きわめられない。

「案ずることはない」

そんな彼女に、徳妃が声をかけた。

「利用するつもりはない……そなたが思っているかたちではな」

もっと悪いかたちで利用される可能性もあるわけだ……そんなことを思いながら、梅花は目を伏せる。

「じきに時がくる。そうなれば墨尚楽を通して呼ぶ。そのうえで判断をするといい……そなたにとっても、悪い話ではない」

梅花はなにも言わなかった。ただ深々と頭を下げた。

今は話すべきときではないと思ったからだ。言質《げんち》をとられる可能性は一切排除する必要がある。

徐徳妃の前を退出し、梅花は墨尚楽と共に、彼女の私室へ向かった。

「少なくとも、今はなにも持ちかけませんよ」

「…………」

梅花は無言で頷《うなず》く。

すると墨尚楽は再び苦笑した。

「警戒心が強いこと。お前はあきれるほどこだわりがないようで、それでいて危機感が強い。花街の妓女《ぎじょ》とは皆そういうものなのかしら」

「…………」

「まあよいでしょう。一つだけ言っておきますね。徳妃さまなりの楽しみがかかわっている話です」

「…………」

──楽しみ……。

なにをどう楽しんでいるのか、ぜんぜんわからないあたり趣味が悪いと思ったが、人に迷惑をかけなければそれでいい。

そう、梅花に迷惑をかけなければ。

梅花が二十一歳のとき、「そのとき」が訪れた。

近ごろ病がちだった、印皇后が崩御したのである。

そしてほどなくして、寵妃《ちょうひ》である沈貴妃が立后された。皇帝は広く天下に恩赦を云々《うんぬん》……というあたりは長くなるので省くが、多くの人間が身分を回復した。その中には梅花も含まれていた。

とはいえ彼女の場合の「身分の回復」というのは、妓女の立場に戻ったということではない。賤民《せんみん》の立場から格上げされ、平民の立場になったのだ。

そのことを知り、梅花は呆然《ぼうぜん》とした。同じ賤民でも、妓女のままだったら決してありえないことである。

しかし同じ賤民だからこそ、妓女から奴婢《ぬひ》への移行が滞りなくでき、そして今の自分がある。つまり沈貴妃……いや今は皇后の手によって、梅花は完全に自由の身になったわけである。

それなのにもかかわらず、未《いま》だに梅花は皇后に対して好感を持てていないのが、いっそ不思議である。

それにしても彼女は、自らの手で奴婢にした妓女のことを覚えているだろうか……と梅花は思う。おそらく忘れているだろう。いやこれは、忘れていてほしいという楽観である。あの時点で彼女が貴妃でまだよかったと梅花は考えていた。もし皇后であったならば、彼女が握りつぶせる事柄は更に多かったはずだ。場合によっては、梅花は拷問を受けて死んだかもしれない。

彼女とはあらゆる巡りあわせが悪かったとしても、その点だけはよかったのだなと梅花はしみじみと思った。

そんな梅花を再び召し出し、徐徳妃は言った。

「そなた、女官にならぬか。墨尚楽に推薦させてやるぞ。試験だけは自力で突破する必要があるがな」

「……え」

彼女の前では貝になろうと努めていた梅花が、初めて自分の意図によるものではない声をあげた。

そんな彼女をよそに、徐徳妃は語りはじめた。

「わたくしには姪《めい》が一人いる」

梅花への提案と、どうつながるのかわからない出だしで。

「頭がよくかわいい娘だが……甘やかされて育ったため、いかんせん性格がきついうえに、存外単純だ」

しかも本当に姪をかわいがっているのか、それともかわいがっていないゆえの言い草なのかわからないな……と思いながら梅花は黙って聞く。というか、今のところそれ以外のことができない。

「この姪を弟は妃嬪《ひひん》ではなく女官にしようとしているが、わたくしはどうも心配でならない。そのうち陥れられて獄死しそうな気がするのだ」

相変わらず姪への人物評はひどいが、この時点で梅花は納得した。つまり徐徳妃は、この姪に仕えろと言いたいのだ。だがそれならば、わざわざ梅花が女官を目指す必然性がないように思えるのだが、

「ゆえに学友を一人つけたい。そなたを」

……と思ったところで、徐徳妃は梅花の予想と絶妙にそれたことを言ってきた。

「どうだ？」

徐徳妃に促され、梅花は初めて口を開いた。

「姪御《めいご》さまに……お仕え、するのではなく？」

「そのような者はいくらでもおる。腐った輩《やから》が肥料にできるくらいな」

徳妃はきっぱりと言いはなった。

「教養があり美しく、あの不遜《ふそん》さに耐え、ほどほどにあの娘の鼻っ柱を折ってくれるような立場を、わたくしはそなたに求めている」

そんな大役が自分に……とは思わなかった。実際、今のところ自分くらいしかできないだろうなと思った。

教養があり美しいという条件は間違いなく満たしている。姪がどれだけ不遜なのかはわからないが、卑賤《ひせん》の身から平民に成り上がった自分が同じ女官になったら、彼女の鼻っ柱

ともしょっちゅうぶつかりあうだろうし、場合によっては折れるかもしれない。

しかしだからといって、はいやりますと言えるものではない。

女官になれば、今とは比べものにならないくらい待遇はよくなる。なにせ正式に後宮に勤める立場だ。官位だって得られる。

だが同時に、女官は高位の后妃と接触する可能性がある。今や皇后となった沈氏とも。そのとき自分のことを覚えていたならば、成り上がった自分に危機感を抱くかもしれない。そうなったらおしまいだ。自分は小指の先でひねり潰《つぶ》される。

かといって、後宮を出ていくのも考えものだ。出ていったとしても、梅花にできる仕事は妓女か下働きだ。しかし自分はもはや歌妓《かぎ》としてやっていけるだけの技量がない。あの段静静の末路のように酒場の隅で勝手に歌い、おひねりをせびるような下級の妓女がせいぜいだろう。妹たちにぶら下がるのはもってのほかだ。

下働きになるとしても、この後宮ほどの好条件な場所があるだろうか。奴婢になったころならばともかく、今の梅花は後宮の六局《りくきょく》の一つの長官に仕えている立場だ。

要するに梅花自身にとっては、今の中途半端な立場がいちばん都合がいいのだ。

断る方向に傾いている梅花の気持ちを読みとったのか、徐徳妃はついと窓の外に目を向けた。

「おそらくそなたは、今のままでもそのうち、外の情報を得られるようになるだろう。だがそれは何年先のことになるか……」

「………」

梅花は察した。そして、自分はもう断れないことを。

「お受けすれば、わたくしの家族のことをお教えくださるのですね？」

「ああ。定期的に知らせてやろう」

それでもう、梅花の気持ちは決まった。

引きうける旨を伝えると、徳妃は軽く肩の力を抜き、疲れたように呟《つぶや》いた。

「わたくしの子はもうこの世におらぬ。今や楽しみは甥《おい》と姪の成長だけだ。あの娘がこの後宮で死ぬようなことだけは避けたい」

その言葉に梅花は、以前墨尚楽が言っていたことを思いだした。

――徳妃さまなりの楽しみ。

墨尚楽のほうを見ると、彼女は一度だけゆっくりと瞬《まばた》きをした。あれは遊戯ということではなく、生きがいとしての楽しみのことを示していたのだ。

もう一度徳妃のほうを見る。その姿に、母が重なった。

自分の死後も守ってあげたかったはずの娘を、失った母。

「微力を尽くします」

そう言って梅花は、深々と額《ぬか》ずいた。

説得する際に情に訴えるのではなく、こちらの気持ちが決まってから本音を吐露する徳妃のことを、梅花は少しだけ好きになりかけていた。

さて、酸いも甘いもかみわけたような徐徳妃の姪――徐麗丹《れいたん》は、伯母《おば》の人物評どおりであった。

なにせ初っぱなからこれである。

「あなた、どうやって伯母さまに取りいったの？」

女官への登用試験の会場で、敵意を隠そうともせず、それどころかむきだしにしてくる彼女に、これは確かにどうにかしなければならないと梅花は思った。

しかしその前に、どうにかして自分が女官にならなければならない。だから麗丹がきゃんきゃんわめいていることの、半分以上は聞き流すことにもした。

このあとのことは雑に省略するが、梅花はともかくそんな感じの麗丹まで無事合格し、女官になることができた。

こうしてここに、ほとんど一方的に突撃してくる良家の娘と、それを弾《はじ》きかえすか受けとめるかの元妓女……という、異色の女官二人組が誕生し、主に徐徳妃を楽しませることになる。

なおそのあとの展開はだいたいお察しのとおりに、なんだかんだで友情が芽生える感じなので、これまた投げやりに省くこととする。


梅花はおおむね満足だった。

要求されたとおりのことは叶《かな》えたし、自分の要求も叶えられたからだ。梅花が女官になってからすぐ、家族についての簡単な報告が手元に届いた。

最初の部分を読んで、梅花は一つため息をついた。母は一年前に亡くなっているという記述が目に入ったのだ。

ある程度覚悟はしていたのだ。竹葉が死んでから、母は寝つくようになっていた。

梅花が妓楼《ぎろう》を出たのは、まだ姉が死んでから一か月しか経《た》っていなかったから、もしかしたら立ちなおったのではないかと思っていたのだが……やはり無理だったかと、梅花は目を閉じ、在りし日の母に思いをはせた。

それが終わってから続きを読みはじめた。妹たちがどうなったかも気になる。

まず菊珍は、数年前客の一人に落籍《ひか》されて、二人の子どもを産んでいた。少し驚いた。側室ではあるものの、妓女《ぎじょ》としては幸せな結末を迎えたといえよう。異論はあるだろうが、少なくとも段静静に比べるとはるかにましだ。

そして蘭君は、母から妓楼を引き継ぎ、また自身も売れっ子の妓女として働いているらしい。かなりのやり手だとか。

梅花は報告書を畳み、脱力してそれに顔を埋《うず》め……まずはよかった、と思った。涙が出るくらい安堵《あんど》した。

母のことは残念だが、自然の摂理上これはもう避けられない事柄だ。

——きちんと布団の上で、蘭君が見守るなかで逝けたのだから……。

安堵しているのに、寂しい。

嬉《うれ》しいのに、哀《かな》しい。

そんな気持ちに突きうごかされて、梅花ははらはらと涙をこぼした。

いつか母の墓に詣でようと思った。今は外に出るどころか、手紙も出せない身ではあるけれど……必ず。

そう思い、梅花は思考を切りかえた。自分がどう生きるかを考える方向に。

女官としても梅花は、着実に出世していった。

家柄のいい徐麗丹はさっさと梅花を抜かしていったが、しょっちゅう梅花のもとにやって来ては、さっさと昇進しろと急《せ》かす。あまり出世して目立つのも怖い梅花は、いつもあいまいに笑ってごまかす。すると事情をよく知らない麗丹は、うさんくさそうな目で見てくる。

しかしそんなわかりやすい感情の発露も、梅花の前くらいでしか行わなくなったので、梅花はよしとしている。

麗丹は独特の潔癖さは保っているものの、以前よりは融通が利くようになったし、自分の保身も考えられるようになっていた。伯母の徳妃がこっそり梅花を呼びだし、手をとって感謝を述べるくらいには、梅花のおかげである。

また麗丹のおかげで梅花は、自分が人を育てることに向いているのではないかと思うようになった。自分の適性についてこれは、と思ったのは歌以外で初めてである。

周囲の評価も同様で、比較的地位が低いわりに教えることに向いている梅花は、新人と組まされることが多くなった。そして適宜教えこんで、次の段階へ送り出す……そういうことを行っているうちに、やりがいも見いだせるようになった。

強敵が現れるまでは。

その強敵は美しい娘の姿をしていた。

「初めまして、周嬋娟《しゅうせんけん》よ」


梅花は疲れきった声を喉《のど》から絞りだした。

「麗丹、お願い……少し、ぐちを聞いてくれる？」

それを聞いた麗丹は、目を剝《む》いてたっぷり三拍は硬直した。もしかしたら呼吸も止まっているかもしれない。

「ああ、無理ならいいわ……」

「違う、違うわ！」

きびすを返そうとした梅花の袖《そで》を、麗丹は慌てて摑《つか》んだ。

「忙しいのではないの？」

「猛烈に忙しいけれど、これは一大事よ。だって、あなたが？　わたくしに？　愚痴を？

言うのよ？」

途中からなぜか文節ごとに疑問形になっているが、そこまで……とは、梅花本人も思わなかった。これは厳然とした数値上の問題で、麗丹が梅花にぐちを言うことは月に一回くらいの頻度で存在したが、その逆は一度もないのだ。

「それで、わたくしはなにをすればいいのかしら？　そうだわ、お茶でも淹《い》れましょうか？」

麗丹はやけに張りきっている。なお梅花が彼女の部屋で、茶を出されたことなど一回もない。だいたい梅花が勝手に淹れて、余計に淹れた一杯を麗丹も飲むというのがお決まりである。

「いいえ。水でいいわ……」

そんなことを言う梅花に、麗丹はほんとうに水を出す。そして自分のぶんだけ茶を用意した。

水でいいというのは本音であったが、そういうことをされると……いや、

「そういうことをされても、あなたにまったく腹が立たないのって、どうしてかしらね……」

「ええ？　どういうこと？」

本気で怪訝《けげん》そうな顔をしている麗丹に、これは相性の問題だろうかと、梅花は遠い目をする。

その「相性」という言葉で片づけるとするならば、梅花は今組んでいる新人と極めて相性が悪かった。彼女は試験を通ったわけではない、いわゆる「名家枠」で入ってきたお嬢さんだ。その点、名家の出でも試験を堂々と突破して入ってきた麗丹とは、一線を画している。しかし梅花だってそんな人間を相手にするのは初めてではないので、問題はそこではない。

「これまでわたくしのことを嫌う女官とは、いやというほど組んできたわ……」

「う……ん、そうね」

その「梅花のことを嫌う女官」の筆頭だった麗丹は、ちょっと居心地が悪そうに身じろぎした。梅花は構わず言葉を続ける。

「でも今回の娘は、わたくしのことが大好きなの」

「……そう、大好きなのね」

いつも梅花が彼女にしてやっていること――ぐちを言っているときは、ひたすらうんうん頷《うなず》くということ――を忠実に守りつつも、麗丹は微妙な表情をする。梅花自身、他人が自分のことを大好きだと自分で言うのは、なんともいえない気持ちである。

だが、実際そのとおりなのだ。

「なんというか……適度な距離感がないの」

「ええ、距離感がね」

「ぐいぐい来るの」

「ぐいぐいね」

「疲れるの」

「なるほど、疲れるのね」

とっても棒読みな麗丹は、聞き手としては下手くそもいいところであった。

だが自分がされて嬉《うれ》しかったことを、自分なりに遵守しようとしているし、正直梅花も麗丹にそこまで多くのことを求めてはいない。

だって麗丹だもの……と、彼女の伯母が同意しそうなことを考えながら、ひとしきり話し終え、大きく息を吐いて水を一気に飲んだ。

梅花の話にひたすらうんうん頷いていた麗丹は、難しい顔をしながら口を開いた。

「ところで……梅花、あなた今何歳？」

話が唐突なところは伯母そっくりだなと思いながら、梅花は答える。

「二十七になったわ」

「その周って娘は？」

「十七ね」

すると麗丹は重々しく言った。

「それはもう、世代差が問題ではないかしら」

言われて梅花は、そうなのかしら……というような様子で思わず繰り返す。

「世代差……」

麗丹もそのとおり、という声音で繰り返す。

「世代差」

納得した梅花ははた、と膝《ひざ》を叩《たた》く。

「世代差！」

「世代差」

麗丹は「でしょう？」と言いたげな笑みを浮かべて言った。

最後はもう「世代差」しか言っていない二人の会話だが、とりあえずそれで終了した。

梅花と周嬋娟の関係をどうにかする方策はなにも得られなかったが、現状解決策が特にないという事実はよくわかった。梅花も、なんかもうそれでよくなったのである。

だって、世代差である。

しかもこれ、意外に繊細な問題である。

へんに踏みこむと相手の領域を踏みにじりかねず、逆もまたしかりである。しかも相手はそのうち自分の手元から離れる新人である。そのうちなんとかなればいいね、でふんわりと終わらせ、仕事として冷静に対処するしかないと、梅花は改めて気を引き締めたのだった。

そんな梅花が部屋に戻ると、嬋娟が飛びつくように寄ってきた。

「ねえ、梅花。梅の花が咲いたらしいわ」

——仕事して？

そう思いながらも梅花は、「そう、一緒に見たいわね」と言い、彼女が花のように笑うのを見とどけてから、手つかずの仕事について指摘した。

それでも数か月もすれば、相手も使えるようになっていく。

周嬋娟は頭の悪い娘ではなかった。

ただひたすらに天真爛漫《てんしんらんまん》で、そして夢みがちな少女だった。辛《つら》いこと、哀しいことなどなにも知らず、明日が今日と同じように幸せであることを信じてやまない――そんな彼女に心を慰められる部分は、多少はあった。

気をもむことのほうが、たくさんあったけれども。それに麗丹と逆の意味で、この後宮を渡っていけるか心配になったけれど。

とはいえ、彼女の場合はこの数年を乗りきればいいのだ。

いわゆる名家枠の女官たちは、箔《はく》をつけるために宮中に入っている感がある。数年ここで働けば箔がつき、嫁ぐときに条件が有利になるからだ。

また勤めている最中も、あわよくば高官に見初められたり、皇族をはじめ皇帝のお手がついたり……というような、ある意味夢にあふれた職場である。

嬋娟もそういうふうに勤め、やがて去っていく……そんなことを梅花は思っていた。

ところで、最近沈皇后は皇帝からの寵愛《ちょうあい》を失いつつあるらしい……そんな噂《うわさ》が、後宮内には流れている。しかもかなりの信憑《しんぴょう》性を持って。

色衰えて愛弛《ゆる》むとはまさにこのことである。

よく保《も》ったものだと、梅花は感心していた。思えば梅花が後宮の隅っこに追いやられて、十年が経《た》っている。それ以上の間、皇帝の寵愛をほとんど独占していたというのだから恐れいる。

伝説的な名妓《めいぎ》でもそこまでの間、同じ客を摑《つか》み続けるのは難しいというのに……いやあれは客商売だから、比べるのは不公平というものかと、梅花は人ごとのように考えている。

しかし皇后が寵愛を失った結果、人ごとでは終わらない事態も起こっている。

皇后に飽きた皇帝が、漁色にふけりはじめたのだ。

元々女好きで、沈皇后が現れるまでは女をとっかえひっかえし、皇后も一回は取りかえたのが今の皇帝だ。十年保ったのは本当に奇跡的といえる……というか、今の皇后にのめりこんでいた間も、けっこうな頻度でつまみ食いはしていたのだから、今このように女をあさっているのはもはや当然の流れといえよう。

その結果、妃嬪《ひひん》たちが寵愛を得ようと張りきり、あれやこれやと趣向をこらす。しかしそれを実行するために動くのは本人ではなく、女官たちである。したがって梅花たちは大わらわである。

しかも皇帝は女官にも手を出し、中には妃嬪の列に加える場合もままある。そうなると当然のことだが、人手が足りなくなる。妃嬪の前に出るような立場ではない梅花も、いつもよりは人目につく場に出ざるを得なかった。

それでもなるべく目立たない仕事をと気をつけていたのだが……ある日、池で蓮《はす》の露を集めているときに、長らく感じなかった、しかしかつては馴染《なじ》んでいた視線がふいに頬を撫《な》でたのを梅花は感じた。

ぱっと顔を上げると、その先には皇帝がいた。

慌てて一度平伏すると、梅花は呼び止められる前にそそくさと去った。あの目……あれは情欲だ。

自分が皇帝に召されるかもしれない……そう思った瞬間、おそろしいほどの嫌悪を覚えた。

かつては自分の生活の一部だったというのに。

そしてそれを覚悟して、宮妓になったことさえあるというのに。

「これは珍しい。なにがあった？」

初めて押しかけてきた梅花を、徐徳妃は快く招きいれた。

「徳妃さま、お助けください」

「……なにがあった？」

梅花の説明を聞き、徳妃は戸惑いを顔に浮かべた。

「大家《たいか》の殿方としての善《よ》し悪《あ》しをここで語るつもりはないが……そなたまことに寵愛を受けるのが嫌なのか？」

そちらこそなんで皇帝の妃《きさき》をやっているのかというような物言いである。そういえば彼女は妃嬪たちの寵愛合戦についても、なんのそのという様子で日々を過ごしている……もっとも、寵愛を争うには年を取りすぎているのも事実だ。

なんにせよ梅花はそこを追及するつもりはなかった。ただ嫌であるという旨を告げると、徳妃は唸《うな》った。

「そなたは皇后に、まるで恨みを持っておらぬのだな……」

「以前申しあげたとおりです」

「確かにそうではあったが……まあよい。後宮から出してやろうか？　そなたには世話になったしな。今ならばかなりよい嫁ぎ先を用意してやれる」

魅力的な提案であった。だが梅花は、一瞬戸惑った。女官としての立場で得たものを、惜しいと思ってしまったのだ。

その逡巡《しゅんじゅん》を察したのか、徳妃は「まあ、後宮を出すにしても時間がかかるからな……」と、提案を取りさげた。

「今日から大家好みの女をあてがってやる。それでしばらくはそなたのことを忘れるであろう」

「はい……」

しばらくは、というあたりにとてつもない不安を感じる。絶対に忘れてはくれないのか

……と思ったところで、徳妃がいっそ傲然《ごうぜん》と言いはなった。

「その間に、そなたは太れ」

今なんと申しましたか？　と梅花が問い返す前に、徳妃はもう一回言った。

「太れ」

おかげで「はい」とも「いいえ」とも言えず固まる梅花に、徳妃は少しだけ声を優しくして説明してくれた。

「大家がそなたの外見を見初めたのであれば、その外見を変えればよい」

真理だ、と納得してしまった。

「梅花、どうしたの？」

徳妃から与えられた山ほどの菓子を抱えて戻ってきた梅花に、嬋娟は目をぱちくりと開

いた。

大家からの興味を逸《そ》らそう大作戦であるとは当然言えず、梅花は「最近、お腹《なか》がすくの」と返した。嬋娟は特に疑問に思った様子もなく、「そうなのね」と屈託なく笑った。

その日から、梅花の増量の日々が始まった。

いかに効率よく肉をつけるかを考えながら、食べる、食べる。

麗丹は心配していたが、嬋娟はそうでもなかった。

「梅花は最近、たくさん働いているもの。だからたくさん食べる必要があるんだわ」

そう言って、自分の食事を梅花に分けようとさえする。気持ちはありがたいが、自分のぶんは自分で消費してほしいので、だいたいは断る。それでもたまに断りきれずに口に運ぶと、嬋娟は喜んだ。

その姿を見ると、微笑《ほほえ》ましさと、ちょっとした罪悪感を覚えないでもなかったが、それでも梅花は計画的に太ろうとするのをやめなかった。

そして見事に成功した。

ついでに、太ると自分の歌声がよく響くのを感じたので、今後ずっとこの体型でいこうと決めた。

そんな思わぬ副産物を得た梅花の体型は、皇帝の興味も完全に消滅させてくれた。目標の体重まで達成した梅花は、皇帝の前にあえて姿をさらすようにした。

最初は目障りな景観だな……というような眼差《まなざ》ししか得られなかったが、ある日皇帝の「おや？」という目線を受けたのを感じ、すぐにそれが落胆に変わったのを確認し、事成れりと確信したのだった。

喜びを胸にのしのしと立ち去る梅花は気づかなかった。

自分を呼びにきた嬋娟に、皇帝が目を留《と》めたのを。


震えて泣く嬋娟を抱きしめる。

大丈夫、大丈夫と呟《つぶや》く。それは「そうであってほしい」という、自分の願望に近かった。

自分のせいだという思いが頭から離れない。

嬋娟が「寵愛」を受けた。

だがそれは「寵愛」というより「乱暴」に近かった。

梅花が皇帝の興味を消し去ったと確信してから数日後、嬋娟が泣きながら戻ってきた。

服はあちらこちらが破けていた。

柳の枝を折っていた嬋娟を、皇帝が近くの宮に引きずりこみ、強引に事を為《な》したのだという。普通ならば「おめでとう」というべきところだ。なにせ彼女のような名家枠の女官にとっては最高の機会だ。

けれども嬋娟の様子は、とてもそんなことを言えるような状態ではなかった。引きつけさえ起こしかねない彼女を抱きしめ、梅花は必死に慰めた。

梅花はかつての立場上、悪い言い方をすれば性行為に慣れている。だがそれは「好き」であることと同義ではない。雛妓《すうぎ》から一人前になったときをはじめ、意に添わない性行為も経験してきたし、それが嫌悪を催すことも、梅花はわかっている。

ほとんど生まれたときから、そのための教育を受けてきた梅花でさえそうなのだ。

風にも当てないように育てられた嬋娟が受けた衝撃たるや、想像に余りある。そもそも彼女が、そういう覚悟ができていない娘だということを、梅花は早々にわかっていた。

宮中に入った理由が、「お父さまとお母さまが喜ぶから」で済んでしまうあたり、彼女はどこまでも幼いまま今日に至ってしまった娘という感が拭《ぬぐ》えなかった。

けれども最初はよかったのだ。

散々泣いて、泣いて、泣きやんだ嬋娟はぽつりと呟《つぶや》いた。

「これでお父さまとお母さまは、喜んでくれるかしら」

「…………」

梅花はただ、彼女の背を撫《な》でることしかできなかった。

嬋娟はその後も何度か皇帝の枕席《ちんせき》に侍《はべ》った。そしてその後の数日間は、決まって夜中に泣きだして梅花に抱きついた。

彼女は女官としての仕事は免除されたものの、妃嬪になることはなかった。皇帝の漁色が過ぎて、定員を満たしてしまっていたからだ。

けれどもやがて彼女が妊娠の初期症状を示したことで、梅花は一安心した。さすがに皇帝も、自らの子を孕《はら》んだ女を無下にはしまいと。

しかし皇帝は予想を完全に覆してきた。

皇帝の子を身ごもった女を優先的に実家に戻す……そんな通達を受けたとき、横で聞いていた梅花は怒りの余り目の前が白くなるのを感じた。名家の出といってもしょせんは商人の家の出である嬋娟は、皇帝にとっては取るに足りない女だったのだ。

その嬋娟は、当事者であるはずなのに、どこか他人事《ひとごと》のように呟いた。

「わたくしが悪い子だからかしら。お父さまとお母さまがお怒りになるわ……」

そうして彼女は実家へと帰された。

これぱかりは徳妃に頼ることもできず、梅花は見送ることしかできなかった。それに彼女の境遇自体は決して、今の社会のうえでは不幸なものではないのだ。皇帝の御子を身ごもったのだから……けれどもそんなものは、ただの言いわけにすぎない。

梅花は、自分のせいだという考えを拭い去ることができなかった。

嬋娟も下っ端の女官であり、しかも彼女は梅花と違って新人であるため、人目につくところにはあまり出てこない。その彼女が皇帝の目に留まったのは、皇帝の目前をうろうろする梅花にくっついてちょろちょろしていたからという可能性が高い。

だが確証がない。もしそれがあったら……。

——あったら？　彼女についていって、一生尽くすの？　そんなことができるの？

心の中に、自分自身の冷ややかな声が響く。

梅花は身ぶるいをした。両手で顔を覆った。

——できっこない！　だってもう、他人に縛られたくない！

皇帝に召されるのが嫌だったのも、そのせいだ。

後宮を出て結婚するのをためらったのも、そのせいだ。

今、梅花は自分の選択で女官をしている。誰かに従うのも、自分の判断で行っているし、いつでも好きなときにやめることを想定できる。後宮のごく一部という世界の中で、梅花は限りなく自由だった。

それを失いたくはない……失いたくはないのだ。

梅花はのろのろと手を顔から離した。霞《かす》む視界の中でそれは、ぶるぶると震えていた。

──いずれ、報いを受けるわ。

脳裏に声が響く。そのとおりだ、と静かに認めた。


その後の二十五年、梅花の生活はおおむね平穏に過ぎていった。なにが起こっても平穏に済ませようと、梅花が心がけていたからというのもあるだろう。

そんな梅花が心を乱したのは三回あった。

一つ目は嬋娟の死を知ったときだった。

二つ目は……竹葉の死の真相を知ったときだった。

順調に出世していった梅花は、やがて自由に外を出歩ける身分になった。真っ先に行ったのは母の墓だった。

それでも梅花は、育った妓楼《ぎろう》に足を踏み入れようとはしなかった。自分が行けば蘭君の邪魔になると思っていたからだった。

同時に薄々思っていることがある。こんなにも懐かしいのに蘭君と接触しようとしていない自分は、結局、「自由」を失うのを恐れているのではないかと。

だから再会の場は、妓楼ではなかった。

ある日、花街で有名な妓女《ぎじょ》を集めて宴《うたげ》を催すという通達を知り、梅花はほんの少し眉《まゆ》をひそめた。段静静のことを思いだしたのだ。

「あなたこういうの得意でしょう。手配よろしくね」

そんな彼女を一切頓着《とんちゃく》せず、麗丹は仕事を梅花にぶん投げてきた。梅花の繊細な過去を、いっそ潔いくらい気にしていないのがわかる。

任されたからには完璧《かんぺき》に仕上げてやる……そのつもりで準備していた梅花の動きが滞ったのは、招く妓女の名簿を見たときだった。懐かしい名前がそこにはあった。

──劉蘭君。

今や彼女は花街一の名妓《めいぎ》である。かつての菊珍の比ではないほどの。そのことは梅花の耳にも入っていたし、このような場が設けられたからには彼女が出ないわけはないとわかっていた。

それでも見ると、雷に打たれたような気持ちになった。

一目見るだけなら、と思った。

幸い自分の見た目はかなり変わってしまっている。きっと蘭君が見ても気づかないだろう。

物陰からそっと、妓女たちが集められた控え室を覗《のぞ》く。

そこには果たして、蘭君がいた。あたりまえであるが、驚くほど美しい女性になっていた。妓女としてはもはや年増の領域に入っているはずだが、年齢を一切感じさせない美しさだ。

その姿を見ることができて、心底満足した梅花は、そっと去ろうとし……。

「なにをこそこそ覗《のぞ》いてるの。あなた責任者でしょう。一言声かけなさいな」

……梅花はこのとき、初めて麗丹のそういうところを嫌いだと思った。

「……わたしはいいから」

「それは本人が言うことではないから」

と、二人は隅っこで言いあう。そこに控えめな声がかけられた。

「ねえさん……？」

おそるおそる振り返ると蘭君が、信じられないという表情で立ちすくんでいた。麗丹は梅花と蘭君の顔を交互に見ると、しまったというような表情を一瞬浮かべ、「声をかけるのはわたくしがやるわ」と言って、離れていってしまった。この人はどの時点から事情を失念していたのだろう。

あとには梅花と蘭君だけが残された。

「ねえさんでしょう？　声は変わっていませんもの」

「……そうよ」

観念して認めると、彼女の目から涙があふれた。

「生きてた……」

彼女はそう呟《つぶや》くと、梅花に抱きついた。

「ねえさん、ねえさん……生きていたならどうして連絡をくれなかったんですか？　どうしてここにいるの？」

「待って。まずあなた、芸を披露しないと」

そう言うと、蘭君は一瞬嫌そうな顔をしたが、「あとで必ず話をしましょうね」と言って去っていった。

蘭君はどこかなじるように言った。

「生きていたなら、どうして教えてくれなかったんですか？」

「外に接触できるようになったときには、もうかあさんが死んでいたから……妓楼を継いだあなたの負担になると思ったのよ。でもお墓には行ったのよ」

我ながら言いわけじみていると思いながら、梅花は説明した。

「ねえさんらしい……」

彼女はどこか恨みがましそうな口調で、それでも納得した様子で頷《うなず》いた。

梅花は努めて明るく言う。

「わたしがいなくても、あなたたちはうまくやっているようだったから。菊珍もお嫁に行ったし」

「……そうですね」

一瞬、彼女の目が昏《くら》く光ったような気がした。

「蘭君」

「はい」

蘭君はにこりと微笑《ほほえ》んだが、梅花はごまかされない。

「菊珍になにかあったの？」

「……特には」

「では、彼女に関わるなにかがあったのね？」

菊珍と蘭君は年が近いために、仲がよかった。梅花と竹葉のように。今みたいな投げやりな言い方をするなんて、信じられない。

そう言うと、蘭君は肩を落とした。

「ごまかされてはくれないんですね……ねえさんは、昔のわたしたちしか知らないから。わたしたちも忘れてしまったのに」

「喧嘩《けんか》をしたの？」

「いいえ。そんなことで済んだらどれほどいいか」

梅花が奴婢《ぬひ》の立場に落とされたことは、妓楼《ぎろう》にもすぐ伝わった……圧倒的な驚きでもって。

特に母の嘆きは深かったという。

今や竹葉を失った彼女にとって、もっとも近しい存在は赤子のころから育てていた梅花だった。宮城に行っても、ある程度は自由に会えると思ったからこそ送り出したのだ。

それが奴婢になり、生死を確かめることもできない状態になったのだから、受けた衝撃は彼女の健康状態を打ちのめすには十分すぎるものだった。

そして彼女は、病床で呟《つぶや》いたのだ。

──菊珍を行かせればよかった。

確かに菊珍ならば奴婢にされることはなかっただろう。当時は貴妃だった皇后は、歌の上手《うま》い妓女だけに狙いをつけていたから。

けれどもそれは結果論にすぎない。母自身、わかっていても言わずにはいられない……それほどのものだったのだろう。

だが菊珍にとってそれは糾弾にしか聞こえなかった。なぜなら彼女は身にやましいところがあったから。

蘭君は吐き捨てるように言った。

「あの女は、あえてねえさんを公妓《こうぎ》にするよう立ち回ったんです」

「……待って、それは、つまり」

梅花は竹葉の死をきっかけに、公妓になることを決めた。

つまり竹葉の死は……。

「あの女が仕組んだことです」

「うそよ……」

頭の中で割れ鐘を叩《たた》くような音が、うわんうわんと響く。そんな中、梅花はそれだけを呟いた。

菊珍はどうしても公妓になりたくなかった。

なぜなら父の同輩に会う可能性があったからだ。

かつて自分を友人の娘としてかわいがってくれた者たち。妓女に身をやつした姿を、彼らに曝《さら》したくなかった。

菊珍は血を吐くような勢いで叫んだという。

「客として……たまに来るだけなら、まだ耐えられる！　けれど、彼らのもとで妓女として働くのなんて！」

菊珍に公妓の話をしたのは、その客の一人だったという。

それは菊珍への憐憫《れんびん》によるものなのか、他の思惑があったのかまでは、菊珍本人も把握していない。

確実なのは、その客は穏便な話しあいで菊珍が公妓になることを防ぐであろうと考えていたことだ。

竹葉の死とそれに付随する結果を聞きつけ察するところがあった彼は、母にいきさつを説明し、それで菊珍の為《な》したことは明るみに出た。

母の叫びは、菊珍のそれよりも激しかった。

「殺してやる！」

と絶叫し、鋏《はさみ》でもって菊珍を刺そうとしたのだ。彼女にとって今や菊珍は、二人の娘の敵だった。

けれどもたまたま見舞いに訪れた花街の頭《かしら》が、事態を収拾させ、菊珍を隔離したのだという。

梅花は蘭君が淡々と話す言葉をただ聞くことしかできなかった。

あとは、話が表沙汰《おもてざた》になる前に……またはかあさんがあの女を殺す前に、一番高く値をつけた客に売り払いました。わたしがそうしました。

身請けされたあとは、側室としてそれなりに遇されたそうで……天は不平等ですね。ただ本人は正妻になりたかったようですけれども。

……先月、亡くなったそうです。五人目の子を産んだ後の肥立ちが悪かったそうで。この前、手紙が届きました。

そんなつもりはなかった、と……少なくともねえさんのことを奴婢にするつもりはなかったと書いていました。確かにそのとおりでしょうね。でも問題はそんなことじゃない。あの女は……最後の最後で、罪を贖《あがな》ったつもりで、いい人間になったつもりで死んでいったんです。

だから……と蘭君は続ける。

「気を落とさないでください。ねえさんはもう、新しい生き方を見つけました。もうそのように生きてください。そうだわ……こうやって語ると、ねえさんが会いにこなくてよかったと、わたしも思えてきました。ねえさんにまで、こんなこと、背負わせずにすんだから」

蘭君の言葉を呆然《ぼうぜん》と聞くだけだった梅花の体を、彼女はそう言って抱きしめた。そして耳元で呟く。

「段静静が死んだときのことを覚えていますか？」

「ええ……」

頷《うなず》く梅花に、蘭君はふふと笑った。

「皮肉なことです。あの日、一番妓女《ぎじょ》というものを恐れていたわたしが、妓女としての生をまっとうして、終わらせました」

「……終わらせた？」

身を離して問いかけると、彼女はどこか寂しげに笑った。

「妓楼《ぎろう》は次の娘に引き渡しました。私は郷里に帰ろうと思っています」

……もう、あの場所は、かあさんとねえさんたちがいた場所ではないですから。

あの女が死んで、もう心残りはねえさんしかありませんでした。本当は今日、わたしは公妓になろうと思って来たのです。皇帝陛下の目にかなえば、勅命で宮妓になれます。そうしたらねえさんがどこでなにをしているのか……生きているのか、死んでいるのかがわかると思いました。けれどももう悔いはないので、お申し出を断るつもりです。

ああ……ねえさん、ねえさん！　わたしはねえさんがいたころに戻りたい。

あのころが、いちばん幸せでした。ほんとうの家族と一緒にいたときよりずっと。

あのころわたしは守られていました。いずれ来る恐ろしい日も、ねえさんたちがいればなんとかなると思っていました。

「でも、あなたは自分でなんとかした」

ぼんやりと聞くだけだった梅花は、ここで口を開いた。

「……ねえさんも」

二人は、目を見合わせて泣き笑いの表情を作った。

翌日蘭君は宮城を辞し、琵琶《びわ》を携えて郷里に帰っていった。そのあとの消息は不明である。

そうして劉蘭君は本当の伝説になった。

段静静のような、歴史に埋もれていった多くの妓女たちと違って。


目の前にことりと茶杯が置かれた。

「昨日は悪かったわね」

顔を上げると麗丹が、きまりの悪そうな表情を浮かべていた。

「ありがとう」

「謝罪に対して礼を言うのもおかしな話ね」

「そのことではないの。あのあと、わたくしが妹と話をするために、色々と動いてくれたでしょう？」

「……そうよ」

梅花はふふと笑い、茶杯を手に取った。彼女の淹《い》れた茶を飲むのは、実はこれが初めてだった。

昨日聞いた菊珍の話は、梅花の心を打ちのめすには十分だった。

だが衝撃が強すぎて、かえってまだ自分の心に浸透しきっていないのだ。

けれどもゆるやかな絶望が胸を満たしていることは、感じている。

——どうしてあなたは、そういう人になってしまったの？

菊珍に聞きたいと思った。彼女はどう答えるだろうか……もう決してわからないことだ。

自分がためらってしまったために、わからないのだ。

——これが嬋娟を傷つけた報いなのかしら。

不意に脈絡なく、そんな考えが脳裏をよぎる。

今はもう亡い彼女。

けれども、まだ彼女の息子は生きている。

いつか自分は、彼に償いをする。

償いたいことは他にもたくさんあるが、もう償える人がいない。いたとしても償うことを許してくれない。だから彼にだけは。

そのとき自分はきっと、惜しみなくすべてを捧《ささ》げるだろう。

……そう思いながら、梅花は茶を一口飲んだ。意外に上手だった。

「伯母《おば》さまの法要に行かねばならないから、来週は全面的に任せたわよ」

「わかっているわ。わたくしのぶんもお祈りしてきて」

「ええ」

部屋を出ようとする麗丹が、なにかを思いだしたように呟《つぶや》いた。

「そういえば、梅の花が咲いたそうよ」

梅花は顔をあげ、窓の外を見た。春の光が差し込んでいた。

不意に、同じ光を受けて目覚めた日があったことが頭によぎり……すぐに消えていった。

「そう」

心を乱す三回目――嬋娟の息子の即位まで、まだずっと先のことだった。

※

おそらく、途中から筆談を挟めばたぶんいける。

杏はそう判断した。

梅花の個人的な話を麗丹にしていいものかなんて、まったく迷わなかった。これまで誰にも教えたことのない話で、今後誰かに請われたとしても口をつぐむだろう。だが麗丹が相手なら話は別だ。それが当たり前のことだと思った。

だが麗丹は首を横に振った。

「別にその内容を知りたいわけではないわ。梅花があなたに話したことなんて、私は当然知っているもの。おそらくそれ以上のことも」

——では、どういう？

「梅花が死ぬ前にあなたに昔語りをしたのだから、わたくしもするべきだと思ったのよ。あなたに」

「なるほど」

第三者がこれを聞いたら、「そうか？」と思うに違いないが、杏は違った。

やはりこれを当たり前のことだと思ったのだ。

そうとなれば、きっと長い話になる。

「お茶を……」

杏の提案に麗丹は頷く。

「そうね、あなたのぶんを用意して。わたくしのは白湯《さゆ》を」

※

──蝶《ちょう》になりたい。遠いところに行きたい。

やけに主張が激しい性格をしているわりに、麗丹はそういうはかない思いを持つことがある。いわゆる「行き遅れ」と言われる年齢になったあとでも。

とはいえ昔からそうだったわけではない。名門に生まれ、才気に溢《あふ》れ、容姿にも恵まれ……これで自信を持たないほうがおかしい。子ども特有の無邪気さで、自分は世界の真ん中にいると思っていた。

そしてその近くにはいつも「彼」がいて、ずっとそうなのだと思っていた。

「彼」は、麗丹にとって父方の従兄《いとこ》であった。それだけではなく、皇子さまだった。

父の姉は後宮に入り、皇帝の寵愛《ちょうあい》を受けて四夫人の徳妃《とくひ》の位にまで上り詰めた。そのうえ男児まで儲《もう》けた。それが「彼」だ。

初めて会った日のことを、麗丹は今も鮮やかに覚えている。この歳《とし》になっても、何度も思い返している。今際《いまわ》の際に、脳裏に鮮やかに描けるように。きっと幸せな気持ちで逝けることだろう。

あれは七つのときだったか。母に連れられて後宮を訪れた。御花園《ぎょかえん》の花々のあまりの華やかさに気後れする自分を見て、従兄は笑ってこう言った。

「蝶々《ちょうちょう》さん。君も華やかだよ」

その日麗丹が履いていた靴には、蝶の刺繍《ししゅう》が施されていた。母が刺してくれたものだが、ほんの少しだけ麗丹も手伝った。

なにやら気恥ずかしくて、もじもじしながら裾の中に靴を隠しつつ、麗丹はこの少年のことを無性に好ましく思った。

そして幸いなことに、彼も自分をそう思ってくれていた。

「蝶々さん」

麗丹のことを、従兄はいつもそう呼んだ。

もっとも最初は「いつも」といえるほど会えたわけではない。彼は伯母《おば》と一緒に後宮にいたし、いくら身内でもなかなか会いに行けるものではなかったから。

それでも彼がある程度の年齢になると後宮から出て、そのぶん叔父《おじ》である麗丹の父のところへ遊びに来てくれることもあった。

そして鞦韆《しゅうせん》をこぐ麗丹を見て、「蝶々さんは本当に蝶々さんだなあ」と笑い、こぐ麗丹の背中を押してくれることもあった。

「蝶々さん、あまり高く飛びすぎると戻ってこられなくなるよ」とからかってきたりもした。

そんな麗丹たちを見て、よく父は笑っていた。

「お前は皇子が好きなんだなあ」

そんなことを言いもした。父は我が子らはもちろん、自らの姉である徐徳妃を大切にしていて、その息子である従兄にも心を砕いていた。総じて血族に対する情愛は濃《こま》やかであった。

その一方で、妻である麗丹の母との関係は今ひとつであったが、娘から見てもこればかりはどうしようもないと思うところであった。子どもだからこそなにも言えない類《たぐい》のすれ違いだった。

父は従兄も麗丹のことも大切にしていたから、この話題が出たのは至極当然のことだった——麗丹を従兄の妃《きさき》にしてはどうか。

従兄は皇太子ではなかったし、麗丹は高位の妃嬪《ひひん》の姪《めい》だ。なにより二人は従兄妹《いとこ》同士、よくある縁組だったし、父も伯母も乗り気だった。父と今ひとつな仲の母でさえも。もちろん本人たちも。

内々にという前置きはあったものの、父が麗丹にこの縁組について話をした日、麗丹は眠れなかった。

　その翌日も落ち着かず、部屋をぐるぐると歩き回った。我ながらおかしなことであったが、じっとしていたら急に跳びあがって叫んでしまいそうだった。そんなはしたないことはできない。

　庭を散歩しようかとも思ったが、窓の外で揺れる鞦韆を見て気恥ずかしくなったので、結局やめた。従兄に背を押してもらった鞦韆を見ただけでこうなのだから、従兄本人に会ったら自分はどうなってしまうのだろうと心配もした。胸の高鳴りとともに。

　結局取り越し苦労に終わってしまったのだけれど。

　その後、一度も会うことなく従兄は死んでしまった。

　まだ婚約者というわけでもなかった麗丹は、「比較的近しい身内」としての立場だけで葬儀に参列した。頭の中を常に揺らされているような気持ちの中、泣きふす伯母の姿だけが心に残っている。

　死因も犯人も明白。あっというまに捕縛され、あっという間に処刑された。

　それだけに負の感情を持っていく場所がなかった。

麗丹は夜中にそっと部屋を抜け出して、鞦韆をこいだ。人に見られたら怒られたに違いない。けれどももしかしたら皆知っていて、あえて知らないふりをしてくれていたのかもしれない。

そんなことに思い至る余裕もなく、来る日も来る日も鞦韆をこいだ。雨の日も、危険だとわかりながらこいだ。鞦韆って、こんなに必死になってこぐものだったかしらと自嘲するくらいに。けれども止められなかった。

風を受けながらずっと思っていた——蝶になりたい。「蝶々さん」と彼が呼んでくれたように。そして彼のところに行きたかった。

今鞦韆をこいでいるここが世界の真ん中だったとしても、彼のいるところのほうにこそ行きたかった。

蝶になりたかった。

——まあ、なれるわけないわよね。

そんな思いを抱えたまま果てたなら、それはそれは美しい物語になったのだろう。けれども麗丹はそうはなれなかった。

髪を振り乱しながらひたすら鞦韆をこぐ日々のなか、ふとわかってしまったのだ――あの人がいないなら、いないなりに幸せになるしかない。

その割り切りが、麗丹の麗丹たる所以《ゆえん》なのだろう。

けれどもその「幸せ」は自分で決めたいと思った。そのうちの一つが、従兄以外とは結婚しないことだった。

その割り切れないところも、麗丹の麗丹たる所以なのだろう。

幸か不幸か、従兄と確たる言葉を交わしていないことが、麗丹の立ち直りを早めてくれたのは間違いない。従兄が本当に自分を愛していたのか、自分が彼を愛するのと同じくらいの気持ちを持っていたのか、気持ちを確かめ合ったことはなかった。

ほのかに通じあった心を抱え、二人はそれで終わった。そしてそのことが、麗丹を冷静にしてくれた。そのような相手のために果てるには、自分はもったいない。そう思ってしまった自分の小ずるさに、自己嫌悪を覚えてしまいもした。

けれどもそれらすべてをひっくるめて、麗丹は麗丹で、その麗丹が従兄を愛した。その事実しか残っていないのならば、残ったそれだけを大切にするしかないと思った。

そして従兄も、そんな麗丹を好いていてくれたはずだった。少なくともそれなりに。それも残った事実で、お互い交わした言葉もなく、誰かに告げた事実もない以上、生きている自分が抱えていくべきだと思った。

少なくとも自分が生きている間は、その「事実」はこの世界の、麗丹の心のなかに在り続けるのだ。

すでに亡き皇子のことは、宮城で話に上ることすらなくなっているのだという。彼がいたということすら忘れられていくのであれば、彼の思いなんてあっという間に消えていってしまうに違いない。

だから麗丹は、生きていくのだ。蝶になるのは、そのあとでいい。

けれども生きていくとして、問題があった。麗丹は従兄と正式に婚約したわけでもない。お互いに言い交わしたわけでもない。彼女の父と、従兄の母が少し話した。それだけの関係だ。

つまり麗丹は世間的にはただの未婚の娘で、数年後には適齢期を迎える。家柄から考えても、このままだといずれ従兄以外の男と結婚しなければならないのだ。

それは嫌だった。

だから麗丹は、父の提案に乗ったのだ。

「女官にならないか」

父は麗丹に言った。なおこれは従兄を失って嘆く麗丹を慮《おもんぱか》っての発言ではない。彼は自らの姉である徐徳妃のことを案じたのだ。

従兄の死後、明るく振る舞えるほどには立ちなおったが、徐徳妃は体調を崩すことが多くなった。

なにより後ろ盾となる皇子を失った彼女は、後宮において大きく力を失った。本人がそのことを気にしているかどうかは別として、これは彼女の身に危険をもたらしかねない事実である。

また彼女の生家である徐家においても、出した妃嬪が後宮で力を失うのは大きな問題である。今この家を背負っているのは、麗丹の父だ。家族への情が深い人ではあるが、家を背負っている立場である以上、家を守ろうと振る舞うのは当たり前のことだった。

それに麗丹に対しての情もあるのは間違いない。もし家のために家族を犠牲にする人間であれば、きっと麗丹に「妃嬪になれ」と命じただろう。もう子を望めないであろう徐徳妃を切り捨て、子を産める麗丹を後宮に送り出す。そして子を産ませるのだ。

従兄の父である皇帝の、子を。

けれどもさすがに父は、そこまで非情なことはしなかった。問題がないわけではない人だが、彼の愛情に麗丹は感謝している。なにより彼の提案は、麗丹の望みを叶《かな》えるものだった。

女官になれば、結婚しないまま生涯を送れる。

そんな選択肢を与えてくれた父に対する、純粋な感謝の気持ちだけを抱えていたかったので、余計なことはしないでほしかった。

女官になるには、一般的に試験を通過しなければならない。麗丹は名家枠ではないその一般的な枠を、標準以上の成果を出してくるつもりだった。

しかし父は、勝手にその試験を免除する方向で動いた。早く娘を後宮に送り出し、徐徳妃を支えさせたかったのだろうが、父のそういう自分勝手で説明が足りないところは麗丹が心底嫌うところである。

試験なしで女官になる道はある。だがその場合、結婚前の箔《はく》を付けるだけの存在として、半ばお客さま扱いで後宮生活を終えてしまうことになる。

麗丹はそんな待遇などまっぴらごめんだった。女官になるための壁を、彼女は正攻法で乗り越えるつもりだったし、実際それだけの力量を備えている自負はあった。

しかし麗丹が父の思惑を知ったときには、お客さま女官になるための書類は、すでに提出されてしまっていたのである。

したがって、横で見ていた弟が夢でうなされるくらいの激しさで、麗丹は父と大げんか年の試験は受けられない。その果てに、急な病気ということで書類を撤回させたが、その理由だと今年の試験は受けられない。

結局麗丹は、女官になるのを一年見送ることにした。その間、父との関係が悪化するという目も当てられない状態になったが、これについて麗丹は一歩も退かなかった。

そして一年が経過するころ、不機嫌そうな父にこんなことを言われた。

「お前が手をこまねいている間に、怪しい娘が徳妃さまに取りいって、試験資格を手に入れたそうだ」

「……なんですって？」

そのあとはまた大げんかである。

だからさっさと女官になればよかったんだと主張する父と、最初から自分に試験を受けさせていれば今ごろとうに女官になっていたのだと主張する娘と。

弟の安眠を守るためか、そんな二人を母が全力でなだめ、その結果父と母の関係がちょっと改善されたので、世の中なにが吉に転ぶんだかわからない。

最終的に麗丹は、半ば家出するかたちで母の実家に転がりこみ、そのまま試験会場に突撃したのだった。

そういう状況だったため、麗丹は気が立っていた。

ここ、大事なところである。気が立っていた。

父も気に入らないが、正攻法ではないかたちで試験資格を手に入れた女に対しても、麗丹は思うところが大いにあった。しかもよりによって隣の席だったのである。これでなにも言わずに終わらせたら、それは麗丹ではない。

だから色々とぶちまけて……以下略、という流れである。

なお伯母である徐徳妃には、あとで怒られた。でもついでに、こじれていた父との関係を取りもってくれたので、この方には身分とか従兄の母であるとか以前の問題で、一生頭が上がらなくなってしまった。

その後の麗丹は、なんだかんだで喧嘩《けんか》を売った相手——劉梅花と、案外うまくいっているのだから、人生わからない。

新人のころ梅花と組になって働くことになったときは、人事の見る目のなさに落胆したものである。

麗丹の梅花に対する好悪の念は別として、試験会場で喧嘩を売ったほうと売られたほうをいきなり組にするのって、絶対に終わっていると思う。本人同士はもちろん、周囲の胃袋もきりきりと締め上げるという点で。

　将来出世したとき、「案外相性よさそう！」と思う二人がいても、絶対に様子を見てから組ませようと、麗丹は固く誓っている。

　なお後年、後宮内の人事の総括である尚宮《しょうきゅう》の地位に就く麗丹だが、その考えは終生変わらなかったので、本人の人柄のわりに周囲の胃袋に優しい人事を行うこととなる。

　そんな本人と周囲に胃痛をもたらしかねなかった二人だが、それは長く続かなかった……というと不吉な表現っぽく聞こえるが、実際はそんなに難しい問題が起こったわけではない。麗丹のほうがさっさと出世してしまったのだ。

　おかげで二人が組んでの仕事は、割と早い時期に終わってしまった。だが上司たちには、後々まで「濃い期間だった」と言われた。それくらい短い間に、色々とやらかしたのである。麗丹が、だけではない。

　特に「後宮の片隅で歌う幽霊事件」は、犯人が梅花（自覚なし）だったという壮大な落ちと、梅花がへんな言いがかりをつけられないようにするための壮絶な火消しとで、麗丹と上司たちの睡眠時間を大いに削ってくれた。

　穏やかで頼りになりそうに見えて、劉梅花という女性もけっこうやらかしてくれているのである。

本人は目立ちたくないようだったが、麗丹の目から見るにどうしたって無理な話だったので、もう諦めてさっさと昇進してほしいと急《せ》かしたものだ。彼女の尻を叩《たた》きまくったあのころの自分の考えは、間違っていないと今でも思う。早い段階で出世していれば、梅花がある女官に対して負い目を持つようなことにはならなかったのだが……仮定の話は詮ないことだ。

そのほか、梅花に近づく沈賢恭《しんけんきょう》という少年宦官《かんがん》を警戒したり、梅花に恋する同年代の宦官に（なぜか麗丹が）近づかれて本人のところに行けよと思ったり……という、梅花がらみの事柄と、あと通常業務をこなしているうちに、あっというまに二桁の年月が経《た》ってしまった。

麗丹の両親はすでにこの世を去り、実家は弟が継いでいる。

従兄の母である、徐徳妃ももはやこの世にいない。

けれども、意外に寂しくはなかった。

命の危機に見舞われたこともあったが、総じて楽しい日々ではあった。

少なくとも従兄の死に嘆き悲しみ、そして果てていたら、こんな気持ちにはなれなかっただろうという自覚が、麗丹にはあった。

これがきっと、従兄がいないなら、いないなりに幸せになった、ということなのだろう。その思いは同時に、従兄がいたら、いたなりに大変だったのだろうという事実を気づかせるものでもあり、麗丹は一人苦笑した。

皇子である従兄は、自分だけを妻に迎えることはなかっただろう。従兄が生きていて、自分が嫁いでいたら、今ごろは側室に目くじらを立てていたかもしれない。

あるいは子育てで苦労しているかもしれないし、もっと悪ければ子を産んだときに死んでいたかもしれない。

けれどもその仮定の大変さは、従兄と共にいる幸福を否定しない。

同時に今の自分の幸福は、従兄の喪失に嘆く気持ちを否定しない。

愛に生き、愛に死ぬ人生を送らなかった麗丹は、愛がなくとも幸せにはなれるのだと、わりと真剣に思っている。なので梅花に恋する宦官については、特に手助けしようとしないし、梅花に教えてやろうともしていない。

そんな自分が「鋼鉄の女」と揶揄《やゆ》されているのは、言い得て妙だなと思っている……ただし「鶏《とり》がら」については許さない。目の前で言った奴は、じっくりことこと煮込んでやる所存である。

しかし「鋼鉄の女」と呼ぶ連中は、そんな女の心の片隅に、蝶《ちょう》のさなぎが眠っていることなんて思いもよらないのだろう。その秘密を抱えている事実は、なぜか麗丹をときどき微笑《ほほえ》ませるのだった。

「――あら、微笑ましい」

梅花と二人で連れだって後宮を歩いていると、不意に梅花が立ちどまった。麗丹も足を止めて梅花の視線の先を見ると、若い妃嬪《ひひん》たちが団扇《うちわ》を手に笑いさざめいていた。団扇で宙をたたきながら、なにかを追っているようだ。

「蝶よ」

「ああ……」

麗丹は得心して頷《うなず》く。目線の先で蝶を追う娘たちは、薄い衣をなびかせ、まるで自身が蝶そのもののようだった。儚《はかな》くて、美しかった。

「蝶ね……」

「もうそんな時期なのね……あら」

妃嬪の一人が立ちどまる。まるで祈るようなかたちに両手を合わせていた。他の妃嬪たちが、立ちどまる妃嬪を覗《のぞ》きこむように囲んだ。

「捕まえたのかしら」

「それなら、さっさと放せばいいのに」

麗丹が言うと、梅花はどこか責めるような口調で問いかける。

「あなた、蝶が嫌いなの？」

「好きでも嫌いでもないわ」

自分はただ、蝶になりたいだけだ。

そして遠くに行きたいだけ。

「……ただ、蝶には、行きたいところがあるのよ」

存外優しい声が出てしまった。

そんな麗丹を、訝《いぶか》しく思ったのだろう。梅花が物言いたげな顔を向ける。その梅花に、
麗丹は笑いかけた。

「ほら、飛んだわ」

妃嬪たちの囲みの中から、蝶が舞う。

若い娘たちの残念そうなどよめきがここまで聞こえてきた。それを聞きながら麗丹は、飛んでいく蝶を眩《まぶ》しいものを見る目で眺めた。

行きたいところに行けばいい。世界の真ん中でも、端っこでも。

自分もいつかそうするつもりだ。

※

「ええ、わたくし、これからそうするつもりなのよ」

麗丹は楽しげに、話を締めくくった。

——そうか。

話を聞きおわり、杏は腑《ふ》に落ちるところがあった。

死を目前にして、麗丹はどこか楽しげだった。梅花のような落ちつきともちがうその態度を不思議に感じていたが、今はまったく疑問に思わない。

今彼女は生きおわって、逝きたいようにするのだ。

杏は居住まいを正し、一言ひとこと噛《か》みしめるように言った。

「お話をなさる相手として、わたくしを選んでくださったことを、光栄に思います」

「ありがとう」

礼を述べる麗丹は、どこかあどけない少女のように見えた。彼女が従兄に向けていた顔は、こういうものだったのだろうか。

「さ、そろそろお行きなさい。時間もおしていることでしょう」

杏は頷《うなず》くと椅子から立った。

ふと、開いたままの窓が気になった。

「窓を（閉めましょうか）？」

「いいえ」

麗丹は首を横に振る。

「梅を見ておきたいの」

雯凰と明慧

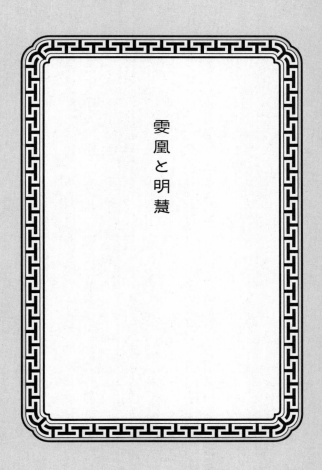

※

納蘭誠《ならんせい》はずいぶん長い間、馮《ふう》王領にいる。

ここに来る際には、誠本人も送りだした大人たちも、長くて数年の想定だったのに、今となっては人生の大半をこの地で過ごしている。

それは誠が主体的に選んだことではなかったが、よい巡りあわせだったと思っている。帝都に居つづければ、きっと両親みたいな生き方から死に方までを期待されていただろう。だが誠の適性はそこにはなかった。

武官にはなったものの、誠は両親のように、兵を率いて武功をあげるよりも、少人数の部下とともに要人の警護をするほうに向いている。帝都の十六衛《じゅうろくえい》であれば奉宸衛《ほうしんえい》が管轄する分野だ。

そして現在、その適性を存分に活かして、誠は王の護衛官として重用されている。ほぼ幼なじみのような主人を、自分に合ったかたちで守っていくことに、誠はなんの疑問も不満もない。自分が命をかける価値も感じているし、母が命をかけた甲斐《かい》のある人だとも思っている。

そんなふうに実直に職務に精励する誠だが、護衛対象から目を離すときはある。たとえば今のように、部屋に二人っきりでいるときに、王からの指示があったときだ。今がまさにそう。

王は誠に「外を見ていてくれ！」と命じ、書架からいろいろな書をひっぱりだし、うんうん唸《うな》りながら書きものをしている。

言われたとおり窓の外をときどき見やっていたが、誠は王に呆《あき》れた声をかけた。

「……もう、そのへんにしておいたらどうでしょう」

「そうはいかん。子らが高名な才媛に教えを請えるかもしれない機会だぞ。学びの方針をきちんと提示しておかないと」

「逆にそこは、師に全面的にお任せするものだと思っていたのですが……」

「亡き母は、そういうことを嫌っていたからな。おかげで私も姉もすくすく育った」

馮王と姉がどうすくすく育ったかについてはさておき、それは馮王の「亡き母」が圧倒的な上位者であるからできたことである。師にすべてを委ねることのほうが一般的なので、誠はいまひとつ腑に落ちていない。

「そこは妃殿下が」

「王妃に任せておくと、昆虫の英才教育が行われかねん！」

「否定はしませんが、その高名な才媛というのは、昆虫にも詳しくておいでで？」

「……可能性は低いな」

今気づいたというように、王が声をあげた。最近身近にいる才媛が王妃しかいなかったので、感覚が狂っていたらしい。

「まずご対面のうえで相談されては？」

「う……ん」

それでも王は迷う様子である。

「それに妃殿下でしたら、昆虫についてはお子らの希望に応じて、ご自分でご指導なさるかと」

嬉々《きき》として行うに違いないと、誠は確信している。

王も王で否定はしない。

「そうなんだがなあ、私もほら、子らにもっと関わりたいじゃないか」

「この前の妃殿下の小言、まだ気にされていたんですか」

王夫妻は総じて仲がいい。お互い遠慮なく物事を言いあえて、たいへんけっこうなことである。

「王妃に言われて、自分でも納得してしまったところがあるから。なかなか歪《ゆが》んだ両親から生まれたものだから、自分が親になったら子に対して及び腰になっている自覚がある」

「私にはそう思えませんが……」

ふむ、と王は顎に手をやり、考える仕草になった。

「この話はお前にしたことがなかったが、私の両親はな、結婚して早々に自分の両親について話しあいをしたことがあってな」

「前王ご夫妻が、そのご両親の……」

なにやらややこしい。

「入れ子式の箱のようなことになっていませんか」

「王妃もそんなことを言っていたな」

王妃にはもう話しているということか。

王夫妻がその親である夫妻の話をし、その内容がさらにその親世代の夫妻の話……入れ子がもう一つ増えている。

「興味はあるか？」

「いささか」

内容よりも、もうその構造自体が面白くなってきているが、興味があること自体に変わりはないので、誠は頷いた。

「なかなか面白かったわ」

夫の話を聞きおえ、雯凰《ぶんおう》は偉そうに頷いた。

話の内容は、夫の両親が不仲ということにすぎなかったが、語り手がよかったからだろう、雯凰の「面白かった」という言葉に嘘《うそ》はなかった。

とはいえ、夫の話術はうまいはうまいが、超絶技巧を極めるというほどではない。それでも面白く感じることについて、雯凰はこう思っている。

――多分、この人の考え方はわたくしに合うのだわ。

「さ、それじゃ次は君と先帝ご夫妻のことを話して」

促され、雯凰は口を開いた。

※

今は「王妃」と呼ばれることが多い雯凰は、かつてはもっぱら「帝姫《ていき》」と呼ばれていた。その呼び名のとおり、彼女は皇帝の姫だった。それも皇后腹の。

しかし母は最初から皇后だったわけではない。なぜなら父は、かなり長い間皇太子だったからだ。

母が登りつめるまでの話は、字面だけならけっこう美しい話だ。

父は皇太子であった期間が長く、当然その間に妃《きさき》を迎えた。これが雯凰の母……ではない。彼女の登場はもっと後の話だ。

この皇太子妃は身分はともかく、体調は今ひとつだったらしく、産褥《さんじょく》の床で腹の子と共に亡くなった。父と結婚して二年目のことだったという。

そのころ父は、すでに側室を何人も抱えていた。全員のもとにそれなりに通っており、決して皇太子妃のみを寵愛《ちょうあい》していたわけではないようだった。

それでも最初の妻と最初の子――それも跡継ぎの男児を失ったことに、思うところは多々あったようだ。二人を手厚く葬り、長く供養を欠かさなかった。そして新しい皇太子妃を迎えることもなかった。

数年後に亡き妃《きさき》の妹との縁談が持ち上がったが、父はこれを断った。しかし周囲の声に断りきれず、側室の一人として彼女のことを迎えた。これは亡き妻を偲《しの》んだからだけではなく、この妹が妾腹《しょうふく》だったからというのもあったのかもしれない。

しかもそんな事情を差し引いたとしても、父は長らくどの側室も正妻に立てなかった。

それでも子を作らないわけにはいかず、何人かの側室が子を産んだ。最初の男児を産んだ側室は、あの亡き太子妃の妹だった。この側室が正室になると、周囲の誰もが思ったという。

それでも父はまったく正室を立てず、さらに何年も経《た》ち……けれどもある日、一人の美しい姫を見初めた。

それが雯凰の母だ。

たちまち心奪われた父は、彼女を継妻として自らの後宮に迎え、ほどなくして玉のような姫を授かった。

「……それがわたくしよ」

雯凰がここまで話したところで、夫が口元を押さえてくっくっと笑い出した。少なからずむっとした雯凰は、唇を尖《とが》らせる。

「どういう意味かしら？」

「いやね、自分で自分のことを、『玉のような姫』と表現するのっておかしいなあと思って」

「あら」

かちんときた雯凰だったが、深呼吸をひとつ、ふたつ。ここで雯凰が感情のまま怒鳴っても、この夫は雯凰の思いどおりに振る舞うような、かわいい人間ではない。

だから雯凰は、真面目くさった顔でこう言ってのけた。

「そうね、おかしいわね。わたくしほど美しければ、『玉のような姫』ではなくて、『玉そのものの姫』だわ」

言い切ったところで、夫が「ぷふぁー！」という変な音を出して吹き出した。

「そのまま笑いすぎて、腹痛を起こしておしまい」

寝台の上で笑い転げる夫に傲然と言い放つ雯凰は、こういう対応がもっとも夫に痛手を負わせるとわかっている。主に腹筋に。

『……王、王妃、なにごとですか！』

とはいえ王が寝室で笑い転げているのを、側仕《そばづか》えたちが看過するわけもない。ある種の異常事態であるのは、間違いないことであるし。

さすがに寝室の中にまで勝手に踏みこんではこないが、部屋のすぐ外に控えているわけなので、異様な物音――この場合は、夫の「ぷふぁー！」等々――を聞きつけて、声をかけてくる。

雯凰が夫をちらと一瞥《いちべつ》すると、彼は一瞬で笑うのをやめた。転がっている状態のまま、部屋の外に向けて穏やかな声を出す。

「大事ない。王妃と話をしているだけだ。いちいち声をかけずともよい」

夫のことをなんでも見習うと、人としておしまいだとは思っているが、この切り替えの早さは見習いたいもののひとつだ。

『……かしこまりました』

少しの沈黙のあとに応《こた》えた相手は、言葉ほど納得はしていないのだろう。だが王本人の指示を受けたとあらば、引き下がるよりほかにない。

その王は、ちょっと意地悪そうな顔を雯凰に向けた。

「王妃も呼ばれていたのに、なにも答えなくていいのかな？」

雯凰はすらりとした手を伸ばして、夫の鼻をきゅっとつねった。

「あいた」

「あの者たちが、わたくしの言葉など求めているとお思い？　わかっているくせに」

雯凰が軽くねめつけると、夫は「そうだね」と微苦笑した。

「この城では、わたくしはよそ者よ」

淡々と述べる雯凰の言に、夫は痛ましそうな顔を向け……たりはしなかった。

「悲観している？……あいた」

いたずらっぽい表情を向けてきた夫の鼻をもう一度つねり、雯凰は挑戦的に言いはなった。

「まさか」

最初の数年は、物語のようにつつがなく過ぎていたのだという。

さほど若くはないものの堂々とした風格の皇太子と、若く美しい皇太子妃。お互いに愛しあっていて、その愛の結晶——雯凰を溺愛しながら育てている。ほかの妃嬪《ひひん》の嫉妬も、二人の愛を燃え上がらせるよい燃料にしかならなかった。

やがて皇太子は皇帝として即位し、皇太子妃は皇后として立てられる。ここで話が終わっていれば、読んでいてぜんぜん苛々《いらいら》しない、つまりは面白みのない大団円で済んでいたはずだ。

けれどもこれは物語ではなく、人生だ。人生がきりのいいところで終わってくれたためしなど、雯凰は寡聞にして知らない。

とはいえ仮に古今の諸事に通じる大賢人がいたとしても、そんな例を知る者は少ないだろう。

「物語はいつも面白みがない大団円。その面白みのなさは、物語ではなく人生にこそ必要だというのに」

歌うように言葉を紡いだ雯凰に、夫は苦笑する。

「物語について、ずいぶんと知識の偏りが見受けられるね。けれど後半の意見については、同感だ」

つまらない人生上等、それってめんどうくさくないっていうこと。

夫はそんなことをうそぶく。

実際世の中、わずらわしいことが多すぎる。これに前向きに立ち向かえる人間っているのかしら。いるのかもね。わたくしの大好きなあの人だったら……ついつい思いを遠くに馳《は》せる雯凰の鼻を、今度は夫が軽くつねる。

「……わたくしの鼻は、これ以上高くなる必要はなくってよ」

そう言って、夫の手をぴしゃりと叩《たた》いて、鼻から離させる。つねられたまま声を出すと、へんにくぐもってしまう。

「これは失礼。でも君、今好きな人のことを考えてたでしょう。私は自分の好きな人のことを考えずに、君の話に付き合っているのに、それは失礼ってものじゃあないかな」

「……そうね、悪いことをしたわ」

素直に謝る雯凰に、夫は「よろしい」と笑い、話の続きを促した。

夫婦の不和の種は、父が即位したことによってばらまかれた。

皇帝ともなれば、皇太子として抱えていた後宮以上の規模のものを抱えなければならない。つまり新しい妃嬪を迎えることになる。

このことは、母の心に大打撃を与えた。

母は夫の心を独占したかったし、しているつもりだった。ほかの女は認めたくない、そんな女性だった。

百歩譲って、自分と結婚する前に迎えた側室たちは許容できたが、自分と結婚した後に新しい女が入ってくることは到底受け入れられなかった。しかもその女たちのもとへ、夫が足しげく通うだなんて。

太子時代の父は、母のその嫉妬を心地よく思っていたのか、その意向どおりにしていた。

だが即位後の父は、皇帝として必要なことについては、母の声に耳を貸さなかった。

母の故郷への行幸を決めたりなど、彼女の機嫌をとるために余念はなかったものの、意見を譲ることは一切なかった。

皇后にむやみやたらと介入させない――上っ面だけみれば、それは「皇帝」として正しい振る舞いなのだろう。

けれど父は太子時代が長かったせいか、「皇帝らしい」ということに激しい執着を持っていた。

皇帝として内政も外政もそつなくこなし、その威光を知らしめるための行幸を行い、後宮に数多《あまた》の妃嬪を迎えて子孫繁栄につとめたい……「皇帝」に対する父のその執着は、もしかしたら「愛情」という言葉に置換できるのかもしれない。母に向けるそれとは、比べものにならないくらい激しい愛情。

だとすれば、母に勝ち目はなかった。皇帝という位、この国そのもの、それらを相手どって愛を競うなど、無謀な戦いにもほどがある。けれども母はその戦いに打って出てしまった。

「無謀で勇敢な女人だ」

「言い換えると『愚か』ってことね」

肩をひょいとすくめる夫は否定しなかった。怒りはしない。母が愚かだっただなんてこと、娘である雯凰がよく知っている。

「でも父は父だし、母は母だ。ずっと、ずっと。それはときに呪いであるが、時に祝福でもある」

「言葉遊びがお好きね」

冷たくあしらいつつも、夫の言葉には頷《うなず》けるところもあった。「皇帝」に執着する父、ひたすらに「女」であった母。

でも父と母だった。

父は母の宮に来るたびに、雯凰を抱き上げて頬ずりしてくれた。雯凰は髭《ひげ》がくすぐったくて、いつもきゃらきゃらと笑った。

母は雯凰がその膝を枕にして休むとき、そのちょっと冷たい手でずっと撫《な》でていてくれた。雯凰はその手の柔らかさを感じながら眠りにつくのが好きだった。

やはり彼らは、雯凰にとって特別な存在だった。

それは雯凰が大好きな人に対して抱く感慨とは、まったく別次元の事柄だった。

父の愛を独占するために、その愛が那辺《なへん》にあるのかを、母は知りたがった。けれども母は、娘の目から見てもそれほど賢い人間ではなかったので、情報収集だとか観察だとかのためには動かなかった。

とはいえ仮に才能がなかったとしても、観察はできたであろうに。そうすれば少なからず気づけたのではないだろうか。

夫の愛は、自分が決して手の届かないところにあるのだということに。

あるいは、もしかしたら気づいていたのかもしれない。観察してしまえば、その救いようのない事実を突きつけられてしまうことを。だとしたら母は、「自らの心を守る」という点では才能ある人間だったのかもしれない。

見たくないものを見ない……それって実は才能に近いことだ。だって人間は往々に、嫌なものにあえて意識を向けてしまうものだから。

しくしくと痛む歯を、あえて触ってしまうように。

「それ自体は決して悪いものではないでしょう。私たちだってそれに頼ることも多いんだから」

父の心を取りもどすために、母がのめりこんだものを吐き捨てるように告げた雯凰に、夫はなだめるように言った。

「物事には限度があるわ」

けれども自分が必要以上に目の敵にしている自覚は、雯凰にもあった。この気持ちを言語化すれば「ずるい」とか「うらやましい」だ。

「それは同感だけれど」

夫も自分と同じ気持ちのようだった。

自分たちにはどれほどのめりこみたくても、のめりこめなかったものがある。のめりこむことを許されなかった。けれど母は父を愛する激しさのまま、「それ」にのめりこんでいってしまった。

はじめは児戯に等しい占いだった。

しかしそれは日を追うごとに過激になっていった。占い師を宮に招き、大金を支払っては夫の愛の取りもどし方を占わせるようになった。

そんな母を、まだ幼かった雯凰は不安な思いを抱えながら見守っていた。けれども母はそんな娘をないがしろにすることはなく……母は母のままだったから、雯凰は思うところがあったとしても、母を慕いつづけていた。今ですら慕わしい。

父はそんな母を何度もたしなめた。けれども母に対してそれは逆効果だった。なぜならたしなめるということは、父が母に会いにくるということだから。その事実は占いの効果を母に確信させる材料にしかならなかった。

そして父も、そんな母のことをうっとうしがることはあっても、変わらず愛していた。だから父もまた雯凰にとっては、ずっと慕わしい存在であった。

父と母、どちらかを厭《いと》うことができたら、雯凰はきっともっと楽になれた。ああ、まことに人生とは劇的でめんどうくさいものだ。


母が決定的に破滅したのは、占い師の「人形」を使い始めようとしたことからだ。占い師が言うには、それは父がどの宮に行ったのかを、教えてくれる人形なのだという。

けれどそのために、他の妃嬪たちの宮に人形を忍ばせてしまったら、それは客観的に見たらただの呪詛《じゅそ》である。そして呪詛は死罪に至るほどの罪である。

そのことにまるで気づかなかった母は、もうどうしようもなく壊れてしまっていたのかもしれない。

雯凰はそのようなことになっていたなんて、まるで知らなかった。今思いだしても肝を冷やす思いがする。もし母が罪に問われていたならば、雯凰もまた死を賜っていたかもしれない。

けれどもそれは未然に防がれた。皇太子の母である、王徳妃《おうとくひ》によって。

皇太子の母は、父の前妻の妹である女性だ。父の即位に伴い、当然彼女も妃嬪《ひひん》の一人として後宮に入っていた。その女性が、母の罪を未然に防ぐ……字面だけ見れば、彼女が母を陥れたようにしか見えないだろう。

しかし実際は違う。彼女は母を救ってくれたのだ。雯凰はよくわかっている。父も、母でさえそのことを理解していた。

皇太子の母はよくできた女性だった。皇太子の生母だというのに、四夫人とはいえ、下から数えたほうが早い徳妃の位を賜っても、不平の一つも言わなかった。

もし母が人形を使ったあとで、皇太子の母が告発したのならば、母は皇后の座から引きずりおろされたうえで死罪、そして皇太子の母は昇格していただろう。もしかしたら彼女が皇后に立てられたかもしれない。

けれども彼女は、そんな千載一遇の機会をものにしなかった。それどころか、内々に済ませるようにうまく立ち回ってくれた。

おかげで母は皇后のまま後宮に居続けられることができたのだ。その代わり、権限のほとんどは皇太子の母に譲り渡すことになり、紅霞宮《こうかきゅう》にほぼ軟禁状態になってしまったけれど。

「徳妃さまは……いえ、今は太后陛下ね。いい人だったわ。とてもいい人だった」

思いかえしてもそんな言葉しか出ない。とはいえそんなことを言えるようになったのは、つい最近だったけれど。

母が軟禁状態になった当初は、ほぼ当事者だったからか素直に彼女を評価することはできなかった。けれども母が軟禁状態になっても、雯凰に行動の自由を与えてくれたのは、やはり彼女の厚意によるものだ。

父の妃嬪たち、異母兄弟姉妹、すべてが煩わしかったけれど、思えば彼女だけは別格の存在だった。

父の死後、自分の意志を無視して嫁がせた異母兄は、雯凰にとって憎んでもあまりある存在だ。だが仮に今後自分が力をつけたとしても、その母に免じて悪口以外の報復はしないことにしている。

そういうふうに、因果は巡るものなのだろう。

苦笑いする雯凰に、夫は猜疑《さいぎ》に満ちた声をあげる。

「後宮に『いい人』なんているものかな」

「いるわけがないわ」

矛盾しているとわかりながらも、雯凰は即答する。

「厳密には、太后陛下は確かに『いい人』ではなかったわ。彼女は彼女なりに思惑があったもの」

「だろうね」

彼女は自身の姉である、父の前妻を愛していた。

それがどういう類《たぐい》の愛なのかまでは、雯凰にはわからない。もしかしたら雯凰が、大好きな人に向ける愛情と同じものだったのかもしれない。

そして父の前妻は、この国を愛していた。叶《かな》うならば官吏になりたかったのだと、生前何度も言っていたのだという。

だから皇太子の母は、この国を立て直したかったのだという。

父は皇帝として失政が続き、母は皇后として職務を放棄している。一気に二人とも排除することはできない。ならば二人の信頼を得るように動こう……皇太子の母はそう考えた。

そしてそのようにした。

実際、呪詛の件で父と母は皇太子の母を信用するようになった。父は皇太子の意見を聞くようになったし、母は職務を皇太子の母に預けたのちは、紅霞宮で大人しく過ごすようになった。

「まるで本人に聞いたかのように話すんだね」

「本人に聞いたのよ。いえ……厳密には聞いたようなものといえばいいのかしら」

まだ父が即位する前に、雯凰は父から前妻とその子のことを聞いたことがある。

わがままいっぱいに育った雯凰は、父が他の子を気に掛けるのは嬉《うれ》しくなかった。だから廟《びょう》に文句を言いにいこうと思った。

子どもだからとはいえ、思えばひどいことを考えるものだ。というか、子ども心にもひどいことだとわかっていたから、一人で出向いたのだろう。けれどもそこで誰かはわからないが、ひれ伏して泣く女性の姿を見てしまって、雯凰は怯《ひる》んだのだ。

そして廟を見渡して、死者に対する敬慕の念に圧倒され、その日は帰ることにした。

その後、雯凰は何度か一人で廟を訪れた。ときには供養のために火を灯《とも》すこともした。

誰にも言わず行うそれは、不謹慎だが雯凰にとって一つの冒険ではあった。

だから背後から声をかけられたとき、雯凰は跳び上がるほど驚いたのだ。

「姉と、甥《おい》に火を灯してくれたのは、あなたか……」

おそるおそる振り返ると、そこには中年の女性が立っていた。父の長子の生母の王氏だ。あの日泣き伏していた女性だとぴんときてしまった。

「もはや太子殿下もここにはめったに足を踏みいれないというのに、甥の妹が一人で来てくれるとはね」

皇太子の母は、女性にしては低めの声の持ち主だった。

彼女に連れられて母のもとに帰る途中、彼女が独り言のようにこんなことを言った。

「姫、あなたにはきっといい報いがあるよ」

その「いい報い」というのがなにを示すのか、今の雯凰はわかっている。

「君がやったことで、太后陛下は君に報い、太后陛下に報いるために君は大家《たいか》に危害を加えない、か……世の中よくできている。本当によくできているよ」

「そうね。このことまで太后陛下は計算しておいでだったのかしら。もしご存命だったら……いつか話を聞きたかったわ」

皇太子の母はもうこの世にいない。父が死んだときに、その死に殉じた。でも雯凰はこんなことを思っている。

本当のところ彼女は、何十年も遅れて、姉に殉じたのではないのかと。

「けれど太后陛下の御子《みこ》が今、帝位に就いておいでだ。君が嫌いな方ではあるが、よい政治《し》を布くと思うよ」

「そうでしょうね」

雯凰はちょっとだけ皮肉げに笑った。異母兄を許しはしないが、受けいれてやってもいい。彼は少なくとも、雯凰の母を殺さず、皇太后として遇してはいるのだから。

「心配しなくても、君は子育てに失敗しないさ」

「……どうして？」

雯凰が目を見開いたのは、夫の言葉が唐突だったからではない。

彼が、自分の懸念を見事に言い当てたからだ。

「君は自分が、母親のようになると思っている。でもそうはならない。なぜって顔をしているね」

「ええ、根拠はなに？」

「私たちは別に愛し合っていないから」

「………」

雯凰は目を二、三回瞬《しばたた》かせて、そしてやおら身を起こすと笑いはじめた。

「そうねえ、そうね！」

「そうでしょう。太后陛下も先帝陛下を愛していないけれど、子育てには成功しているみたいだから」

夜中には迷惑なくらい、高らかに笑い声が響く。

「そのまま笑いすぎると、腹痛を起こしてしまうよ」

さっきの雯凰と似たようなことを言う夫に、雯凰はさらに笑う。部屋の外から咳払《せきばら》いが聞こえた。「いちいち声をかけずともよい」という言葉に従ってはいても、なにも反応しないわけにはいかないと思ったのだろう。

「さて、もう寝ようじゃないか」

あくびをしながら布団にもぐり始める夫に、雯凰は「そうね」と従った。わたくしたち、たぶんうまくやってのけるわと思いながら。

※

聞き終えた誠は、向ける言葉と表情に迷った。

「結果的に仲がよいご夫婦なのでは？」

「私の祖父母夫妻が？　父方母方どっちだ？」

この話、夫妻が複数登場するので、こういう受け答えになってもおかしくないが、ああいう前置きで話を始めたのは王である。わざとだ。

しょうもないお戯れだなと思いながら、誠は端的に訂正した。

「いえ前王ご夫妻が」

誠は前王の亡き後のことしかわからないので、前王夫妻の関係については、聞いた話でしか判断できないが、少なくとも不仲要素は感じられなかった。

「問題は仲のよさではない。私も王妃も仲はかなりいいが、癖は強いだろう」

否定はしない。

しない、が。

「私としましては、お子らを大事にしていて、夫婦仲がよければ、親としてのあり方はそれでよいと思うのですがね」

王が王子王女らに対するあり方はまた別だが、それはそれとして、誠は現状であまり問題ないと思っている。もちろん王妃からのお小言は、きちんと受けとめる必要はある。

「しかし長いお付きあいではありますが、初めて聞くお話ですね」

王が苦く笑う。

「私もお前に遠慮していたからな」

「遠慮……ああ、私の両親の」

「そうだ」

少し前まで誠は両親についてあまり語りたがらなかった。というより、自分が語ることで誰かから両親の話を聞くことになるのが嫌だった。

聞かされることで、誠の記憶に残っている優しかったり時々理不尽だったりした生身の両親の記憶が、どんどん追いだされていく気持ちになったからだ。もちろんそうならない話をするであろう人も身近にいたが、ある時期から両親の話を聞くのが一律嫌になってしまった。

他者の話に登場する両親は、どこか偶像じみていることが多い。実際両親は偶像になってしまっているのだ。

帝都の廟は今もなかなか人気なのだという。第三者であれば自分も敬意を表し、観光ついでにちょっと詣でるくらいのことはしたかもしれない。

けれども身内としての誠は、その事実を複雑な思いで受けとめている。彼らを誇りにもう気持ちはある。だが廟から人が途切れないかぎり、彼らは「誠の両親」というだけの存在に戻らないのだ。

今もその思いは残っているが、変わったところもある。

主君はそれを、我がことのように喜び、母の親友に会いにいく機会を作ってくれた。彼女が生きている間に、そう思えるようになってよかったと誠は思っている。

彼女は母について、どういう話を聞かせてくれるだろうか。

そう思いながら、誠はまた窓のほうを見た。

「ああ、いらっしゃいました」

※

十五歳のころのことだった。

その日、春雷がやけにうるさかったことを明慧《めいけい》は覚えている。

「明慧」

そんな中、やけに重々しい雰囲気で、父が口を開いた。明慧は素直に返事をする。

「はい」

そうして父の次の言葉を待つ。だが父は明慧の名を呼んだきり口を閉ざし、なかなか次の言葉を発さなかった。

この父にしては珍しい……そう思いながらも、明慧はじっと待つ。尊敬する父の言葉を。

明慧はこれまでずっと父に従って生きてきた。

「素晴らしい人間とは、己の特技を伸ばせる者だ！」

明慧は父にそう言われて育ってきたし、それを正しいと思ってきた。そしてそのとおりになろうと努め、実際にそうなった人間だ。

すなわち、筋骨隆々とした肉体に。

まさしく父の言ったとおりの、素晴らしい人間になれたと思う……いや、過去形にしてはいけない。自分はもっともっと素晴らしい人間にならなければならない。

そんなふうに内心で自分の慢心を戒める明慧に、ようやく口を開いた父はこんなことをのたまった。

「すまぬ、これまでの父が間違っていた……。このままだとお前は嫁に行けないから、今日から特技を縮める方針で」

これまでの父自身と、現在の明慧を全否定する言葉である。

明慧は迷わず父をぶん殴って、家を出た。

家族とはそれっきりである。

……という話を、明慧は小玉《しょうぎょく》と復卿《ふくけい》にしていた。

「今思い出しても腹がたつ！」

怒りのまま、ふんぬ！　と近くの木を殴りつけようとし……いやそれは木に悪いと明慧は思いなおす。かよわきものを衝動で傷つけるなどあってはならないことだ。

しかし行き場のない拳《こぶし》をどうしようかと少し悩んだ彼女は……とりあえず猛烈にぐるぐると腕を回すことでしのぐことにした。

「へ、へえ～……」

ぶおんぶおん言わせながら腕を回す明慧に、復卿が引きつり笑いを浮かべながら一歩退く。なんだその態度は。

一方、小玉は同情に満ちた眼差《まなざ》しを明慧に向けている。

「お父さんもね、もう少しやりかた考えたほうがよかったよね……段階踏んでやめさせないと、いきなりやめると禁断症状が出るよね……」

「え、なんなの。体鍛えるのって、そんなやばい中毒性あんの」

「あると思う。あたし筋肉落ちるときって、なんかいや～な痛み感じるんだよね。じわじわくる感じで」

「あー……それはちょっとわかる。長く寝ついたときに、おんなじ感じになったことあるわ、俺」

二人、腕をぶおんぶおんしている明慧を慮《おもんぱか》ってか、こそこそと囁《ささや》きあう。

「いや……問題はそんなことじゃないんだ！」

「あっ、違うんだ」

「そりゃ違うよな」

「あたしは志を曲げない父親を尊敬していた。それがあたしが嫁に行けない程度で、節を屈するとは！」

再び拳を握りしめて力説する明慧に、二人は顔を見あわせて口々に言った。

「いやー、実際嫁に行けないってわりと大変よ？　あたしはそれで、故郷をはるか遠く離れました」

「お前なー、花街で『その程度』とか言ったら恨まれっぞ。あそこなんて、嫁に行きたくても行けないおねーさんたち、いっぱいいるからな」

それぞれの人生経験に基づく発言には、けっこう説得力があった。明慧は一瞬固まり、

「……そうかも」

なんだか納得してしまったのだった。

明慧の父は武術の師傅《しふ》である。

若いころは自らの技量を極めることに時間を費やし、結婚は遅かった。初老に差し掛かるころ道場をつくり、妻を娶り娘を得た。

それが明慧……ではなく、その長姉である。

その後も何人か子どもが生まれたが、娘に娘おまけに娘で、とにかく女しか生まれなかった。

できるならば自らの血を引く子に、己の技を伝えたい……。

そしてできれば道場を継がせたい……。

そんなごく真っ当なことを考えた父親は、もうこれ以上は子どもができないと考えて、「おまけに娘」こと末娘の明慧に白羽の矢を立てた。

そして明慧を徹底的に鍛えあげたのである。

幸か不幸かわからないが、明慧には素質があった。父の期待どおりどころか、期待をはるかに超えて彼女の肉体は鍛えぬかれたのだった。

正直、父に五回中三回は勝利できるくらいに……なかなか生々しい数字である。

なお縁談は断られなかった。

そもそも発生することが一度もなかったのだ。

これはまずい、と思ったのは明慧の母であった。それまで夫に従順だった妻がここで動きはじめた。

彼女はまず夫をそれとなく諭した……夫は全然察してくれなかった。

続いて少し語調を強めに説明した……女は黙っておれと断じられた。

そして……ついに激怒した母は、ばかでかい水瓶《みずがめ》を投げとばしながら夫に自分の言い分をまくしたてたのだった。

なお傍観していた弟子の一人は、明慧の素質は母親ゆずりのものであると確信したという。

ともあれ父親は、自らの妻の迫力に圧倒され、ようやく話を聞く耳を持った。

そんな彼に、母は簡潔に説明した。

――仮に明慧が立派な跡取りになっても、彼女が結婚できなければ次の代で絶える。

無駄なところがそぎ落とされた説明は、彼女が何度も夫に話そうとし、ぜんぜん聞いてもらえなかった結果、内容が集約されたものだ。

その甲斐《かい》あってか、父親はようやく事態の重さを理解した。

それでも最初父親は、明慧を自分の弟子と結婚させようとしたのだ。しかし話を持ちかけるたびに、彼らは言を左右にするばかりで、いつの間にか別の女性と結婚したり、あるいは道場を出ていったりしたのである。

父親はいいかげん事態の深刻さを理解して……ここで冒頭のやりとりになったのであった。

明慧の話はまだ続いていた。

小玉と復卿は膝《ひざ》を抱えて座りこみ、話をじっくり聞く姿勢である。

「そんなことを、あとで姉からの手紙で知った」

「おー」

「あー」

二人は口々に声をあげた。

「母は強いねー」

「いやーもう少し早く、その強さを発揮してもらえればって感じだけどな」

気軽そうに言った復卿の肩を、小玉が軽く小突く。

「あんたそんなこと、よく気軽に言えるね」

「いいんだ。あたしも同じこと、少しは考えてるから」

明慧はため息をついた。明慧は母親に対しても思うところがある。だから家を出たあと、連絡をとったのは母親ではなかった。

今、明慧がつながりを持っているのは、もっとも親しかったすぐ上の姉だけだ。そして結局父の道場は、その姉が婿をとって継いでいる。

最初からそうすればうまくいったのだ。

そういう思いが、明慧の中にある。そしてそれは、かなりの部分で正しいため、おそらく明慧の心から生涯消えないだろう。

明慧の話を聞いている二人は、ただ頷《うなず》くだけであった。

それでよかった。そういう友人（復卿除く）が自分に出来たことは、自分の摑《つか》んだ幸福の一つだと考えていた。

さて、ここから先は二人に語らない内容である。

家から走り出た明慧は、そのままひたすら走り続けた。もしなにもなければ、そのまま山を一回りして、家に帰ったかもしれない。だがそうならなかったのは、途中で人混みに出くわしたからだった。

興味を持った明慧はその人混みの中心に目をやり……兵士急募という立て看板を発見した。そしてすぐ募集所に駆けこんだ。

もしここで担当者が明慧の性別を確認するという手順を踏んでいたら、明慧は考えなおす時間が得られたであろう。だが担当者は明慧が男性であると一切疑わず、「念のため」という概念すら浮かばなかった。

明慧は明慧で、初めてのことなので手続きについては「そんなもん」と思っていた。よって明慧は、その場で採用されたのだった。

もはや運命的ともいえる展開で、張《ちょう》明慧は兵士になったのである。

なお性別が判明したのは、風呂《ふろ》のときに女性用の場所はどこかと明慧が尋ねたことによる。担当者は青ざめたが、そのときには書類が受理されてしまっていたので、明慧は放り出されずにすんだ。ただし書類にはとってつけたように性別が加筆されたらしい。なかったことにするのは無理でも、書類の訂正程度なら大丈夫なんだな……となんとなく感じいった明慧であった。

さて、わりと滞りなく軍に入った明慧だったが、明慧にとってそこは、居心地のいい場所だった。

父の道場と雰囲気が似ていたからかもしれない。あそこもむさくるしい男どもが、えいえいおーとかやっていたから。

だが少し違うのは、女性の姿がちらほら見受けられたことだった。明慧とは担う仕事内容は違うものの、接する機会が多かった。

明慧に彼女たちは優しかった。だがどこか他人行儀だった。比較的親しくなった者も、受ける言葉は自分の姉たちからもらっていたそれに近かった。

それも無理はないかもしれない。明慧と同年代の少女は、このとき同じ場所に配属されていなかったからだ。

だから彼女たちは自分自身と同年代の女性とよくつるんでいたし、それは当たり前のことだと思っていた。

ただ、うらやましかったのだ。

自分にもそういう相手が欲しかった。

そんな明慧の前に、下手な口説き文句みたいな台詞《せりふ》とともに現れたのが、小玉だった。

——そこの彼女、あたしと一緒に麺《めん》食べない？

思いかえしても、変な声かけだなと笑ってしまう。

なお、たまにふふと笑っている明慧に、復卿が「わー、思いだし笑い？　やーらしー」とかなんとか言ってからかい、受け身をとれる程度の勢いで明慧に投げとばされるまでが一つのお約束となっている。

ともあれ、明慧は小玉と友人になった。

そして人は人を呼ぶもので、小玉と親しくなったことで、小玉の姉貴分である阿蓮《あれん》をはじめ、明慧には他の友人もできた（やっぱり復卿は含まない）。

戦場でも納得のいく働きぶりができている。もちろんもっと高みを目指そうとは思っているものの。

だから明慧は、現在の自分におおむね満足していた。ただ、それでも興味を持っているものはあった。

結婚である。

小玉と会うまでは、父への反発もあいまって「絶対にするもんか」と思っていた。だが、それがいつのまにか人として生まれたからには、一度は経験してみたいものだと思うようになったのだから、時間とは面白いものだ。

明慧がそう思うようになったのは、文林《ぶんりん》がきっかけだった。とはいえ別に文林に恋をしたわけではない。

小玉と文林を見て、ある日ふとそのうちこの二人は結婚するんじゃないかと思った。自分でも根拠はよくわからないが、なんとなく頭に浮かんだのだ。

そうしたら、ちょっとだけ興味がわいてきたのだ。

とはいえそれは願望というほど強くないものだったから、別にそのためになにかしようと思ったりはしなかった。

漠然とした興味。それがただ色濃くなっていく日々を送った。合間に文林がなにやら皇帝になって部隊を離れ、予想が外れたなと思いながら小玉と一緒に訓練に勤《いそ》しんでいたある日、初対面の異国人にいきなり求婚された。

「その武勇と筋肉に惚《ほ》れもうした！　一緒になってくだされ！」

「その意気やよし！　お受けしよう！」

後で振り返っても、なんで自分がその申しこみを受けたかよくわからない。だから小玉や復卿などに、

「なんであれで引きうけちゃうの⁉」

とか、

「お前、そんな悩みごとあったの!?」

などと詰められても、

「そうさね……気分で」

としか答えようがなかった。なお小玉は「そっか……気分か……」で引きさがったが、復卿は納得してくれなかった。

自分の気持ちはよくわかっていなかったものの、すこし考えれば利はあることがわかったので、明慧は求婚の返事を撤回しなかった。

亡命してきたという、納蘭樹華《ならんじゅか》（求婚に応じてから名を知った）の監視をする必要がある。

それだったら、自分が結婚して一緒にいればいい。監視の目的は達成できるし、ついでに自分の漠然とした興味も満たされる。さらに、彼が問題を起こしたら自分の首で責任をとれば、小玉たちに累は及ばない……そんなことを思っていた。

……などという、どこか倦怠《けんたい》を帯びた気持ちは、出産で見事に吹きとんだのだが。

寝る。泣く。起きる。泣く。食べる。泣く。排泄《はいせつ》する。

ここまで本能に満ちた生き物を明慧は知らない。以前倒した熊ですら、もう少し理性があったような気がする……という錯覚すら覚えるほど、赤子は常に自分の欲求に忠実だった。

赤子のころ自分がそうだったということ自体が驚異で、そう思うと自分を産んだ母に敬意を覚える……という感慨を抱いている間にも、赤子は泣く。

しかも泣くときは、この世の終わりのような悲惨さで泣く。

「そりゃあ、赤ちゃんにとっておっぱいとおむつは、世界が滅ぶかどうかってくらいの事態だもん！」

という名言を吐いたのは、そうとう前に退役し、今や何人もの子持ちという阿蓮である。彼女は明慧にとって頼もしき先輩かつ、偉大なる先生でもあった。

そんな彼女に紹介された、同じ月齢の赤子の母親とも友人になり、また少しだけ世界が広がった。

そしてこの時期、明慧は昔いた世界に別れを告げた。

実家と絶縁したのだ。

樹華と結婚するにあたって、明慧は一度実家に足を踏みいれた。意外に気づかいをする人間であった樹華が、一度は挨拶《あいさつ》をしたいと言ったからだ。

そして父親に門前払いを食らった。異国人との結婚などもってのほかとか、お前は騙《だま》されてるんだとか怒鳴られて。

そこで門前で粘るような無駄な努力はせず、明慧は樹華を促してとっとと帰った。これで形式的な絶縁状態が完成した。

その時点で明慧は父親との関係に、ほとんど見切りをつけた。生きているうちに和解ができればいいと思っていたが、結局できなかったので仕方がない、という心境である。門前払いをされていい気持ちはしなかったものの、どこかさっぱりした気持ちだった。

それでも子が生まれ、そのことを家族に知らせてはどうかという夫の勧めで、すぐ上の姉に手紙を書いた。

すると今度は母がその返信に、「父上に謝って戻ってきなさい」と書きそえてきた。それを読み、明慧は母親にも見切りをつけた。ここに実家に対し、心情的な絶縁状態も完成した。

それまで思うところがあったとしても、明慧にとって母は悪い母親ではなかった。疑いなく明慧のことを愛していたし、父にとってはよき妻でもあった。ただそれの両立ができなかったのだ。

もちろんそれは母のせいではない。あの父の妻と、この明慧の母を同時並行で完璧《かんぺき》にこなすのは、明慧自身「ちょっとそれ難しいな……」と思う案件である。

ただ、明慧が妥協するにはいささか度を越えているように感じられるくらい、明慧の人生にそぐわないのだということがわかった。

自分が親になって、親に対する敬意は増していたとしても、それとこれとは話が違うのだ。

なぜなら謝ることは、自分にはない。

あるとしたらあの日、父を殴って出ていったことくらいだ。

少なくとも今、自分の横ですやすやと眠っている赤子と、その父親について謝ることはない。なに一つ。

そして今の明慧にとって一番大事なのは、この二人が心穏やかに日々を送れるかどうかということなのだ。

「いいのか？」

「ああ、いいんだ」

だから明慧は気づかわしげな夫に頷《うなず》き、「もう二度と会わない」という手紙を、すぐ上の姉に送った。

彼女からは「そのほうがいいと思う」という手紙が返ってきた。それを読み、姉に対しては一度は謝りたいなと思った。彼女も、明慧にかかわることで、少なからず人生が変わった人間だ。しかし彼女は、一度も恨み言を明慧に送ったことはなかった。

彼女ももう、三人の子の母になっているのだという。

誠と名づけた明慧の子は、全体的にちんまりとしているが、すくすくと育った。末っ子で武術以外なにもしていなかった明慧と、一人っ子で同じく武術以外なにもしていなかった樹華に育てられているわりに、大きな問題がなかったのは、周囲からの助けがあったからだろう。

どうやら周囲も周囲でこの夫婦がまっとうな子育てができるのかと心配して、かなり手出しをしてくれていたようだ。彼らの発想はあまりにももっともなので、夫婦揃《そろ》ってありがとうございます……としか思えなかった。

面倒を見てくれる大人の中でも、誠は小玉によく懐いた。小玉が小さい子どもの相手に慣れていたからだろう。

郷里ではよく、近所の子どもの子守をしていたのだと小玉は笑う。実際明慧から見ても、彼女は手慣れていた。また彼女の家には甥《おい》にあたる丙《へい》がいて、まるで兄のように誠の面倒をみてくれた。

誠におもちゃの独楽《こま》を作ってやる小玉の姿を見るにつけ、明慧は彼女の結婚について思いをはせることがままあった。

——彼女はきっといい母親になっただろうに。

その思いは外れなかった。

明慧にとってはいささか不本意なかたちで。

ある日小玉が、なんだか死にそうな顔で、後宮に入ることになりました……と告げた。

そのとき明慧は大笑いした。文林となんだか色々とうまくいったのだと思ったのだ。

だが思ったより、文林は駄目だった。

多分小玉のほうも色々と駄目だったのだろうが、圧倒的に文林の駄目度が高く、それが小玉の駄目と相まって、二人の関係はもう駄目駄目だった。

あと明慧としては、個人的に小玉の肩を持ちたいので、とりあえず文林のほうが悪いということにしておく。そしてそれが、あながち言いがかりでもなかった。

なにせ樹華が、自慢の髭《ひげ》をしごきながら、

「あの二人は……大丈夫なのだろうか」

と首をひねったくらいなのだから。

あの樹華が、である。

あの、男女関係には疎い樹華が。

それ以前に、筋肉以外に関心が薄い樹華が。

そもそも文林とは直接面識のない樹華が。


明慧はあまりの意外さに、心底ぎょっとして聞いてしまった。

「なんで、そんなこと思ったんだい？」

「閣下……いや今は充媛《じゅうえん》が、大家《たいか》について語られるとき、首のあたりの筋肉が少し強《こわ》ばるのが気になってな」

訂正する。実に樹華らしかった。

明慧は、そんな微細な筋肉の変化にはまったく気づかなかった。

その後、樹華言うところの「首のあたりの筋肉の強ばり」が無くなったころ、小玉が前触れなく皇后になった。

前触れがないのはまあわかる。ある種の人事情報だから漏らせないのだろう。

だが、その結果小玉がしばらく軍の職掌を手放すことになってしまったあたり、やはり文林は駄目なんじゃないかなーと思う日々を過ごしていたある日、

「そこの彼女、あたしと一緒に麺《めん》食べない……？」

すごく聞いた覚えのある台詞《せりふ》と、なんだかすごく深刻な口調で、すごく久しぶりに小玉がお誘いをかけてきた。

明慧は心底たまげた。明慧の結婚以来、そんなふうに出かけたことはほとんどない。小玉が遠慮していたからだ。

明慧としては、別に誘ってくれてもよかったのだが、小玉が独身時代とは線引きしていたのでそうなっていた。

久しぶりのお誘いであったが、嬉《うれ》しい以前にすごく心配であった。なにせ口調が口調である。

なので明慧は樹華に息子の世話を託して、麺屋に繰り出すことにした。

麺屋は初めて行ったときと変わらず、場末感が漂っていた。

味も全然変わらず、適当に作っているときならではのおいしさである。

ただ店主は年をとった。自分たちも同様に年をとっている……変化している。

暗い表情で語る小玉の話を聞きながら、昔よりずっと彼女の悩み事を聞くようになったなあと思った。

それは二人の関係が更に進展したからではなく、小玉の悩みが増え、相談できる相手が減ったからなのだろう。

彼女のために明慧は、それを残念に思う。

「あたしは、あたしの旦那《だんな》と子どもが幸せなのかはわかんないんですけど」

口をひん曲げていう小玉に、明慧は苦笑する。

そんなものは自分にもわからない。ある瞬間、相手が幸せなのはわかっても、長期的に見て幸せなのかはわからないことだ。

だからそういう場合は家庭でじっくり話しあわなくてはならない。あの肉体で語るような樹華でさえ、家庭のことについては口を使って真面目に話すのだから。

父はどうだったのだろうか、と明慧はふと思う。

考えてみれば明慧は、父に自分の幸せが那辺にあるのかをきちんと話したことがなかった。だから彼が知らないことは、彼だけのせいではないのだ。

明慧はそれを後悔したり、今さら父に会いたいと思ったりはしない。

ただ、人生の教訓を与えてくれたことには、感謝している。

明慧は丼を抱え、汁を静かに飲みほした。

※
「お会いしたかったわ！」

何年かぶりに会う帝姫《てぃき》こと馮王妃に抱きつかれ、真桂《しんけい》は苦笑した。

「もう、お行儀の悪いこと。王妃ともあろう方が、わたくしがお教えしたことを忘れてしまいましたの？　そんなご様子をお子にお見せできるのですか？」

「お小言はなしよ！　そちらこそ、わたくしのこと、お忘れだったのでしょう。ずっとあちらのほうにいらっしゃって！」

否定できなくて、真桂は苦笑した。ほんのひととき雅媛《がえん》のところにいるつもりが、意外に居心地がよくてすっかり居着いてしまった。

実をいうと坏胡《はいこ》の地を去って何日も旅をしたというのに、今も後ろ髪を引かれてやまない。

きっと自分はあの地に戻る、という確信があった。

生まれも育ちもあの地には関係がないというのに、不思議な縁もあったものだ。

逆に雅媛は宸《しん》の地で眠りたいという。

だから連れてきた。

彼女の一部——遺髪を。

「殿下も楽しみにしておいでなのよ、お母上のお話を聞きたいそうで」

馮王家の前王妃——真桂は「王太妃」と呼んでいた——のことを持ちだされ、真桂は懐かしい気持ちになりつつも釘《くぎ》を刺した。

「わたくしが知っていることなんて、そうありませんよ」

王妃がうきうきとした声をあげる。

「そういえばわたくし、最近虫の素晴らしさを後世に伝えるべく、本を作っておりますの。文も絵もわたくしが。よろしければ添削など、お願いできますか？」

「王妃……本当にお変わりありませんのね」

虫が大好きだった少女は、虫が大好きな貴婦人になってしまったらしい。

「あら、他のことにも興味はありますのよ。年相応に衣裳《いしょう》に化粧……最近はお茶のことを特に」

「なるほど……つまり、茶葉の食害についても興味がおありなのですね？」

「うふふ」

王妃は否定しなかった。

「それで、添削……」

「ああ、それはいたしますよ。ごめんなさい、お返事するのを失念していました」

「えっ」

王妃が驚きの声をあげた。

「頼んでおいてなんですかその態度は」

「でも虫……お嫌いでしたでしょう？」

「私が宮城を出て何年経《た》ったとお思いですか。それに坏胡の生活様式についてもお教えしたでしょう？　虫と向きあわずに生活はできないと、とうの昔に悟りました」

虫と和解したつもりはないが、妥協はできるようになった。

「まあ……残念。お断りされたら、それを盾に子どもたちの師になってもらおうと思いましたのに」

この子のこういうところ誰に似たのかしら……と、真桂は思う。生母なんだろうか。

「お命じいただければ、わたくしは断りませんよ。今は無位の身です。王妃に逆らうなんて、ね」

真桂がそう言うと、王妃は「意地悪おっしゃらないで」とわざとらしい困り顔になる。

「ううん、今度からお茶をご実家から仕入れるので、それでひとつ」

「それは賄賂になるので、けっこうです。ところで……その」

「どうなさったの？」

二人のやりとりを、誠と王は微笑《ほほえ》ましく眺めていた。

「楽しそうだなあ」

「楽しそうですねえ」

物陰から覗《のぞ》いているとかではない。近くにいるのに、気づいてもらえていないのだ。集中すると他のものが見えなくなるのは王妃の癖だ。その証拠に真桂のほうは王たちに気づいて、王妃に注意を促した。

「まあ、いらしていたの！」

王が苦笑する。

「まあまあ前からな」

それなりに夫婦喧嘩《げんか》をする二人であるが、王妃のこの一点集中傾向についていえば王はかなり寛容だった。

真桂が跪《ひざまず》き、馮王に挨拶する。

「李《り》真桂と申します。お母上の前王妃殿下には、生前たいへんなご厚情をたまわり……」

宮城を離れてもう長く経つというのが信じられないほど、優雅で洗練された動作であった。

馮王が親しみを込めて話しかける。

「ああ、母から貴女《あなた》の話はよく聞いていた。今日が初対面だというのが、自分でも信じられないくらいだ。話を伺うのを楽しみにしている。まずはゆるりと休まれよ……王妃」

「はい」

「李どのの案内を頼む」

「かしこまりました」

そして馮王は誠を連れてその場を去る。特に用があるわけではないが、自分たちがいないほうが真桂は休めるだろうという判断だ。

誠は王に話しかけた。

「お子の教育の件、断られてしまいましたね」

「まあいいさ。機会はまだあるだろうし……ところで誠」

「はい」

「お前が見送りで、本当に問題ないのか？」

「まだ気にされていたのですか」

王妃の小言といい、部下の心中といい、この人は気にすることが多すぎる、情が深いのはいいところであるが。

ただこの状況においては、他に気にすべきことがあると誠は思っていた。

「ところで、王妃が添削を依頼された本の巻数を、李どのにお伝えしなくてよいのですか？」

超大作だ。当然添削にも時間がかかるだろう。

「いいさ。王妃も昔なじみとゆっくり過ごしたいだろう。李どのには申しわけないが」

王は肩をすくめた。その仕草は、少しお母上に似ていると誠は思っている。

本当は父親にこそ似ていて、母親にそれがうつった仕草なのだが、誠には知るよしもない事柄である。

後宮と小玉

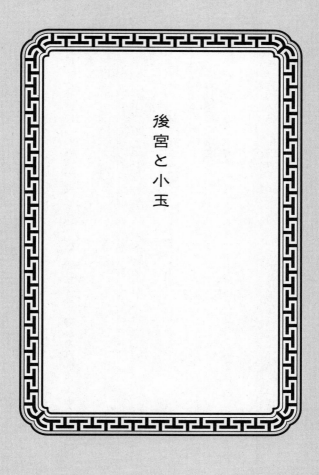

※

畑を耕す合間にほんのちょっと、と思った午睡は子どものかん高い声で破られた。

「おばあちゃーん!」

呼ぶ大姪《おおめい》の声で小玉《しょうぎょく》は目を覚ました。飛び起き……たつもりであるが、体の動きは鈍い。

「なになに、敵襲?」

目をきょろきょろさせていると、小さい物体が飛びついてきた。

「あたしだよ!」

「おっとこれは強敵だあ」

抱きついてきたのは、大姪の暁白《ぎょうはく》であった。小玉は笑いながら抱きかえした。

ただそれはそれとして、釘はさしておく。

「ばあちゃんはもうね、先が短いんだから、あんまり驚かせるようなことしないでね」

「先が短いとどうして驚かせたらだめなのー?」

単純な質問ほど答えに詰まるのって、なぜなんだろう。

小玉は少し考えて、端的に言った。

「びっくりすると、胸が苦しくなって死ぬから」

「死んじゃうの……!?」

深刻な顔になる少女を見ると、なにやら騙《だま》くらかしている気持ちになるが、実際びっくりしたら死ぬこともあると小玉は思っている。

「それで、なんの用で来たんだい？」

この子が一人で小玉のところに来るのは珍しい。

「あのねえ、お客さんが来たの。お父さんとお母さんとおばあちゃんの」

少し警戒して小玉は問いを重ねる。

「いっぱい人が来たの？」

「三人だよ！　あとね、お父さんとお母さんと会ったことあるみたいな人」

ならば特に問題ないか。

「そんで、お父さんが連れてきてって！　おばあちゃんのこと」

「はいはい。それで名前は聞いた？」

「聞いてない！」

「そうかあ」

小玉は暁白の頭をぽんぽん撫《な》でた。かわいいからいいや。

暁白と手をつないで帰ると、丙《へい》と大柄な男が入り口まで迎えに出てきた。

小玉は息を呑《の》む。その男に見覚えがあった。

死んだはずの男……いや、違う。

「誠《せい》かい？」

「ええ、久しぶりです……おばちゃん」

小玉は駆けより、彼の頬に手を伸ばした。

「あんたすっかり父ちゃんに似て！　ああでもそういう顔すると、母ちゃんにもよく似てる……」

「そうかな」

「そうだよ、よく似てる」

同意する丙は、目に涙を浮かべている。

「おばちゃんにこうやって会いに来るのに、ずいぶん時間がかかってしまった」

「なにか頼みごとでもあるのかい？」

ただの婆《ばば》であるが、誠が困っているというのなら、すべての伝手《つて》を駆使する覚悟がある。

だが張りきる小玉を前に、誠は苦笑して首を横に振る。

「おばちゃんが想像しているようなことじゃないと思う……両親の話を聞かせてほしいんだ」

「そう、そうなの……」

「こんな仕事をしているのに、両親のことを聞くのを避けていて……自分でも情けないことに」

「そんなことない！」と小玉と丙は口々に言った。

「でもこの前所帯を持って、今度子どもが生まれるんだ。そしたら『あ、そうだ話を聞こう』と自然に思えたんだ」

小玉は感極まって、胸元をぎゅっと押さえた。

それを見た暁白がかん高い声をあげた。

「おばあちゃんびっくりしたの!? 死んじゃうの!?」

さっきした会話が悪かった。

小玉は慌てて暁白に言う。

「死なない死なない」

気を取りなおし、

「めでたいじゃないか！」

「今日は祝おうな！」

小玉と丙は、もうすでに泣きはじめている。暁白が生まれてからこの方、涙腺が緩い自覚はある。

「でも俺の用事はついでで、主目的はとある人の護衛なんだ。その人の用事済ませてからで、ね」

「えっ、誰？」

丙が親指で家の中を指した。

「中で紅燕《こうえん》と待ってる」

小玉は声を潜めた。

「もしかして……弟君が、来た、の？」

王という立場の人間がほいほい来ていいような場所ではない、ここは。

王姉（王女）と元皇后が暮らしてはいるが、それはそれとして。

「いえ……」

誠の告げた名に、小玉は目を見開いた。

小玉が慌てて家に駆けこむと、紅燕ともう一人の女性の笑顔が出迎えた。

ずいぶん日焼けし、また面変わりもしているが、見間違いようもない。

「ご無沙汰しております……！」

「まさか会えるとは思わなかった……」

坏胡《はいこ》の地に行って以来、会ったことのない李真桂《りしんけい》だった。

「まさか小寧《しょうねい》にいらっしゃるとは存じませんでした。てっきり馮《ふう》王領にいらっしゃると思って、そちらに向かったのですが……直行したほうが早かったですわね」

「色々ときな臭いことがあってね」

主に現皇后関係で。

馮王領にいても迷惑がかかるだけなので、暁白が生まれるちょっと前に引っ越したのだ。いきさつがいきさつなので、広く触れまわるようなこともしなかった。

「伺っております。状況が少し落ちついたようなので、王殿下たちは戻ってきてほしいようなのですが。お戻りになります？　なりません？」

紅燕が呆《あき》れた声をあげる。

「なんで今すぐ決めさせようとするの？」

「いえ、それによって『こちら』を埋める場所が変わるので……」

真桂が懐から取りだしたのは、髪の毛の束だった。

小玉は、こういう状況に何度か出くわしたことがある。

これはきっと遺髪。

「ああ……そういうことなの……？」

紅燕がはっと息を呑《の》んだ。

真桂が頷《うなず》く。

「ええ、そういうことなのです」

つまり、雅媛《がえん》の。

「あなたさまのお膝元に埋めたいと思っています」

「そう……」

「ついでに私の髪も少々」

流れで頷きそうになったところで、小玉は踏みとどまった。

「それは今必要なことなの？」

「少し気が早い埋葬くらいのつもりで……」

「よしてよ縁起でもない」

紅燕がとげとげしい声を発する。雅媛の死でかなり胸を痛めているからだろう。

「またあちらに戻ったら、わたくしが死んだときにここに髪を持ってきてくれる人がいるかちょっとわからないので」

「坏胡のところに戻るつもりなの？」

言外に、もう雅媛もいないのに？　と紅燕が問うと、真桂が破顔する。

「それがわたくしにはずいぶん合っていたようで。わたくしあの地に骨を埋めるつもりでおりますの」

「ええ？」

紅燕が意外そうな声をあげたが、小玉は納得できてしまった。

「わかりますよ。わたくしもこの地で、と思っています」

「では、埋める場所は決まりました」

そう言って真桂は笑う。

「でも最後に、皆で茶を飲みませんか……四人で」

真桂のその言葉に、小玉はふと後宮で彼女らと過ごした日のことを思いだした。

※

うららかな日差しの下、若い娘三人と茶を喫する。自分が男だったらとても楽しいのだろうかと小玉は思う。男だったら、夜中に三人を侍《はべ》らせて酒を呑むほうが楽しいのだろうか……いやそう思うのって、なんか偏見ください。

小玉は内省しつつ、茶を一口含んだ。

三人の娘——紅燕、真桂、雅媛は和やかに言葉を交わしている。ついさっきまでは、紅燕の宮で出された新作の点心のことだったが、今は真桂の実家から取りよせられた新しい茶葉のことで話を弾ませている。小玉はときおり相づちを打つだけで、ほとんど話についていけていない。

けれどついていけなくても、くるくると表情のように変わる話題は、横で聞いていてけっこう楽しいものだ。

「……そういえば李昭儀《しょうぎ》、あなたどうして後宮に入ったの？」

またくるり、と話が変わる。

いきなり問いかけたのは紅燕だった。

茶杯を卓に置きかけていた小玉はおや、と一瞬手を止めた。唐突な話題転換であったが、確かにそうだと思った。

紅燕は小玉にもよくわかっている事情で入宮したし、雅媛は雅媛で司馬淑妃《しばしゅくひ》の取り巻きとして送りこまれた。しかし真桂については、詳しい話を小玉も知らない。

「珍しくもない事情ですわ」

真桂は事もなげに答える。父が持ってきた話だと言う彼女の事情は、間違いなく珍しくないものだ。

「けれどもあなたが、諸々と言いつけに従うだなんて」

紅燕の「あなたが」という言葉は、正式には「あなた（みたいないい性格をした娘）が」という意味を持つ。

小玉は正しい意味を聞きとってしまった。真桂もしっかり聞きとっているに違いない。どこか挑発的に返す。

「ただでさえ娘が父に逆らうだなんてもってのほかですのに、それも未婚の時に……そんな不孝なことございませんわ」

「おっしゃるとおりですわ」

やや苦笑を滲《にじ》ませながら、雅媛が同意する。

「けれども、その折に李昭儀がどう思われていたのかはまことに興味深いですわ。才女と名高い李昭儀が後宮に入られる……どのように思われてそうなさったのですか？　後学のためにお聞かせいただきたく存じます」

言葉だけ聞くと嫌みっぽい。紅燕が言ったならばまちがいなく嫌みだろう。他の妃嬪《ひひん》たちが言ったならば、悪意すら籠もっているかもしれない。

けれど今発言したのは、他ならぬ雅媛である。彼女は純然たる興味、そして多少の下心で聞いているのだろう。おそらくこの場合の下心とは「新作の素材にならないかしら」というものである。

そして真桂は雅媛の下心に対しては、協力を惜しまない娘だった。

「では……娘子《じょうし》のお気持ちを害さないのであれば、簡単にお話しいたしましょうか」

「わたくしはかまいませんよ」

皇后である小玉を立てる真桂の言葉に、小玉は即答する。実際小玉も、同じ後宮の住人として興味はある。特に自分は例外的な入り方をした自覚があるから。

短い準備期間に、日々「あああ！」と叫んでる間に、後宮入りの日を迎えてしまった自分とは絶対に違う葛藤などが真桂にはあったはずだ。

小玉が頷くと、真桂は茶で口を湿して「それでは……」と語る態勢に入った。

「そうですわね、話は母が嫁いだころに遡りますか……」

──あれ？

──ずいぶん昔？

──ん？　ん？　李昭儀の入内《じゅだい》の件、どこいった？

いきなり世代を遡るくらい昔の話になり、全員の頭のなかで疑問の声がずんちゃずんちゃと躍りだす。聞き手三人はそっと目を見交わし、自分たちが共通の見解を持っていることを確認した──これ絶対に「簡単な話」で終わらない出だしである。

しかし出だしで水を差すのもいかがなものか。差し水だって、沸騰してからはじめて活躍するものである。

そういうわけでひとまず三人は、聞く姿勢を崩さないことにした。

なんでも真桂の母の父は、高名な学者だったのだという。つまり真桂の才女っぷりは、外祖父からの系譜らしい。そして真桂の父方の祖父は、商人として財をなした男で、学のある子孫を得たいと願って我が子の嫁に、真桂の母を望んだ。

おかげで、真桂の母は夫に強く出られたらしい。

「私の母は、嫁いだときに父に誓わせました。決して母以外の女人を迎えないと」

だからそんなやりとりもできたようだ。

「まあ、素敵なお話です」

雅媛がにこりと微笑《ほほえ》む。紅燕の反応は「ふうん」と鈍いが、これは彼女の父親が側室を持たなかったので実感が薄いのだろう。皇族はもちろん、ある程度の家格の男ですら珍しいことである。

しかし彼女の場合、母親のほうが父親より身分が高かったとか、父親の体が弱かったとか、あと単に両親の仲が良かったなどの事情が関係して、かなり例外的な家庭環境で育っていた。

次の真柱の言葉に、一番大きな反応を見せたのはそのせいであろう。

「二年で父は側室を迎えましたが」

この落差よ。

紅燕は「んっ」と音を立てて、茶が気管に入ってむせそうになった。小玉はそっと背中を撫《な》でてやった。

家柄的に「一般的」な父を持つ雅媛も、さすがに笑みを揺るがせはしなかったものの、一瞬目を泳がせていた。

そんな聞き手の反応に、ちょっと愉快そうな笑みを浮かべ、真柱は話を続ける。

「ただ母は最初からそれをわかっていて、誓わせました。破ったときに有利な条件で夫婦生活を送れるようにするために」

「ずいぶんしたたかね、あなたの母君」

幸い咳《せ》きこまずにすんだ紅燕が、呆《あき》れた声で返す。

彼女の背中を撫でるのをやめた小玉は、けっこうお似合いな夫婦なのかなと思った。夫婦のかたちは人それぞれ。それでまあまあうまくいっているなら、他者が口を出すものではない。

けれども知りたいことに関しては、口を開く。

「有利な条件とは？」

話の流れの上でも、必要な相づちである。

真桂はなにやら嬉《うれ》しそうに説明する。

「その有利な条件の一つが、娘が生まれたらその養育に口を挟まないことでした。母は学問をしたくてもかなえられなかった人なので、娘が望むなら存分にさせてあげたいと考えてくれていたのです。そのおかげでわたくしは、幼いころから存分に書を与えてもらいました」

思いのほかいい話になった。

なにせ真桂は装身具より墨を好む娘である。そんな彼女の充実した子ども時代を、たやすく想起することができて、小玉はほっこりした気持ちになる。

「あらあら、それはそれは」

つい、近所の子どもを微笑ましく眺めるおばちゃんみたいな声を出してしまった。

「それはとても嬉しいことですわね！」

一方雅媛は声を弾ませている。真桂は学問系、雅媛は芸術系という違いはあるものの、似たような分野を愛する二人である。共感する気持ちが強いのだろう。こんなに気持ちの高低を表に出す雅媛は、小玉の前ではあまり見ない。紅燕の前でもそうなのだろう。なにやらうらやましそうな顔をしている。

しかし、珍しく高ぶった雅媛の勢いは、それを上回る真桂の勢いにかき消された。

「……そんな申し分ない生活を、邪魔する者が現れたのです！」

ついて行くのにちょっと難しいくらい、話の緩急が激しい。だが幸い、三人ともそれなりに話に引き込まれていたので、やや前のめりになって傾聴する姿勢になる。

「その邪魔者とは？」

早く続きを聞きたいのか、ごくりと生唾を飲んで、紅燕が問いかけた。真桂は声を深刻そうに潜めて答える。

彼女けっこう、話し方がうまい。

「その者は父の取引先の相手の息子でした」

でも話し方と、話す内容の落差がちょっと激しい。

遠いんだか近いんだかわからない関係。なにより一言で危険性を察するには、相手に対する情報があまりにも足りない。重々しい声音が妙に間抜けに響き、小玉は選ぶ言葉に迷ってしまった。

「…………」

しかし紅燕と雅媛は、ごく普通の態度で話の流れに乗っている。

「その男に命を狙われでもしたの？」

「その殿方とは、どのように知り合われたのですか？」

真桂はまず、雅媛の質問に答える。

「父が友人同士で、幼いころからわたくしの家に出入りをしていたのですよ。それから、誰かの命を狙えるほど肝の太い男ではありません。相手のことに興味はありませんでしたが、器の小ささに関してのみは、よく知っている自覚があります」

情報が増えても、その相手の危険性がまったくわからない小玉である。しかし情報を総合するに……、

「……つまりは幼なじみ、ということですか？」

小玉の要約に、真桂は「そうです」と頷《うなず》いた。

認めるのも嫌だというように、鼻の横に皺《しわ》を寄せている。いささか美貌が損なわれた代わりに、親しみやすさが滲《にじ》みでている。

「その輩《やから》はわたくしが書を読んだり、詩を作ったりしていると、いつもいつもいつも！邪魔をしてきて！わたくしが毎回硯《すずり》で指を叩《たた》いたり、墨で目潰しをしたりしながら追い払ってもしつこくて！」

しかし真桂が言っていることの後半は、親しみやすさのかけらもなく、それどころか殺伐とした空気が漂っていた。

しかも指への攻撃に使った硯がどれくらい大きいかによって、殺伐さが上乗せされる可能性がある。世の中には、人の顔より大きい硯だってあるからして。

「あなた、なんて追い払い方するの」

紅燕の反応は、実にまっとうなものだった。しかし真桂は堂々と言いはなつ。

「貴妃《きひ》さま。わたくしがそのような対処に至るまで、あの輩《やから》がいかに目障りなことをしたかを、どうかお察しくださいませ」

「いえ察せないわ」

雅媛はなにも反応を見せていないが、なにやら物思いにふけりはじめている。もしかしたらなにかが心の琴線に触れて、「新作」の構想の参考にしようとしているのかもしれない。もしそうだとしたら、今の話のうち琴線に触れたのが硯攻撃でないことを、小玉は切に祈る。高《こう》貴妃にかかわることを思いだして、いささかならず胸が痛い。

真桂は語り続ける。

「それがある日いきなり現れなくなったので、思う存分学問に没頭しておりましたが、半年後……あの男は再び現れました」

紅燕と雅媛が真桂には聞こえない程度の声でこっそり耳打ちしあうのが、小玉の耳には届いた。

「半年も放置してたのね……」

「あの、もしかしてその幼なじみって、李昭儀のこと……」

「それは、言っては駄目よ」

——うん、あたしもそう思う。

小玉は内心で同意した。真桂は二人の内緒話を気づかないのか、気にしないのか語り続ける。

「ずっと大人しくしていればよかったものを、今度は地味な方向に嫌がらせを切り替えたのです！　ある日から彼はわたくしが行きそうなところに、そっと花だけ置いて去っていくようになりました……」

——あれ、こんな話どっかで……。

小玉の記憶が、つんつんとつつかれる。そういえば高貴妃の思い人であった海青公《かいせいこう》は、似たようなことをしていた。話を聞いたときは状況が状況だったこともあり、痛ましい思いをした記憶しかないが、それを抜けば微笑ましいやりとりである。

実際、他の人間もそう思ったようで、雅媛が困ったような笑いを浮かべる。

「嫌がらせ？　素敵な気づかいではございませんか？」

「どこが！　よりによって痔疾《じしつ》に効く花なのよ！」

急にいきりたつ真桂。まっとうな意見を言った雅媛に、まさかのこの返しである。

小玉は「そうか……誰でも同じような状況で、恋に落ちるわけじゃないもんね……」とある種の悟りを得つつ、痔に効くってあの花かな……と当たりをつけた。小玉はもらったら嬉しいけれど。

雅媛は困ったような笑いを、完全に困った笑いに変える。比較的冷静だったのは紅燕である。

「別にあなたがその……そういう病気だって言ってるわけじゃないでしょう、それ」

しかし病名を自分で口に出せないあたり、平常心は保てていないらしい。あるいはさすがにお姫さまの矜持《きょうじ》が邪魔したのか。

真桂は相手が紅燕なせいか、はっ！　とやけに挑発的に笑う。

「仮に嫌がらせじゃなくても、長いつきあいなのに、わたくしがそういうことを考えたりする性分だってわからない相手なのですよ!?　しかもそんな男相手に縁談が持ち上がったのなんて嫌にもほどがあります！」

――あっ、そういうことですか？

小玉は察した。

察してしまった。

「まさか李昭儀……それで？」

問いかける小玉に、真桂は「ご明察ですわ、娘子」ととろけるような笑みを向けてきた。

「ええ、それが嫌で後宮に入りました」

正しくは、後宮入りと幼なじみとの縁談のどちらがいいかと父親に言われ、迷わず後宮入りを選んだのだそうな。

「父としては、後宮入りと天秤《てんびん》にかければ、大人しくあの男の嫁になると思ったようですが」

後宮入りは名誉なことだとされているし、後宮に入ることが確定した者は相応の覚悟を決めているものだ。しかし入るかどうか、という時点では葛藤が芽生えるものである。

これで一方的に父親に後宮入りを決められるのであれば拒否もしないだろうが、選ぶことができるならば普通の結婚を選ぶはず。しかも後宮に行けば顔も知らぬ年上の相手の側室で、幼なじみだと嫌というほど顔を知っている相手なうえに正室……十中八九後者を選ぶと父親は思っていたのだろう。

だが娘が嫌というほど顔を知っている幼なじみのことを、顔を見るのも嫌だとは思っていなかったらしい。

「まあ父の提案は悪いものではございませんでしたわ。あの男に対しても、わたくしがそこまで嫌っていると突きつけることができましたもの！」

ほほほほ！　と真桂は高らかに笑う。

なお父親は父親で、娘が後宮入りに前向きだと知った時点で、そっちの後押しをすることに切り替えたとのことらしい。この切り替えの見事さ、さすがやり手と言われるだけのことはある。しかしさすがに、後宮入りしたあとの娘が、皇后に傾倒することまでは読めなかったらしい。

とはいえ読めなかったからといって、彼の評価が下がるということはないだろう。むしろ読めたら恐《こわ》い。

それにしても真桂は、間違いなく嘘《うそ》をついた。

この事情、間違いなく「珍しくない」なんてことない。

小玉は、自分だけが例外的だと思っていたことを内心恥じた。話を聞くかぎり、真桂も十分例外的だ。そして紅燕もだいぶ特殊だ。よくよく考えれば世の中の物事、すべてに特別な事情があるものなのだ。一見よくある話に見える雅媛だって、詳しく聞けばきっとなにかがあるはず。

そう、みんな特別なただ一人……とかなんとか、この場にいない清喜《せいき》だったら言いそうな気がする。

「それでその男、どんな顔をしていたの？」

積極的に質問する紅燕は、案外この話を楽しんでいるようである。真桂は紅燕に、いい笑顔を向けた。

「それはそれはいい顔をしておりましたわ〜！」

その「いい顔」というのは、真桂がいま浮かべている表情とは、対照的なものだったのだろうなと小玉は思った。

同じことを、雅媛も思ったようだ。

紅燕ほど楽しんでいない……というより、胸を痛めている風情だった雅媛は、おずおずと口を開く。

「……その彼は、李昭儀のことが好きだったのでは？」

紅燕が「あっ、馬鹿！」という顔をした。小玉も内心、「言っちゃうんだ！」と思った。真桂はさぞ嫌そうな顔をするだろう、あるいは驚いたり怒ったりするのではないだろうかと思ったのだが……案に相違して真桂はこともなげに頷いた。

「そうかもしれません。いいえ、そうでしょうね」

「あら、知ってはいたの……」

紅燕の声がどこか間抜けな響きを帯びる。

「それならそれで……」

雅媛がさらに言おうとするのを真桂は、片手をあげて遮る。こういうとき、位の差というのは絶対的である。

「ですが相手に愛されたら、同じだけの気持ちを返さなくてはならないのかしら。もちろん同じ気持ちを返せたなら素晴らしいことですが、そうならない人間が否定されるいわれはないのでは？」

「そう、ですわね……」

なんだか寂しそうでありながらも、納得した風情の雅媛。

「それは、そうかもしれないけれど……」

意外に納得できていないようなのは、紅燕である。

「もちろんわたくしは彼のことを愛せなくても、結婚はできたでしょう。愛がなくても理解があればなんとかなる夫婦もおります。わたくしの両親のように」

その紅燕に、今度の真桂は馬鹿にした様子を見せずに真剣に言う。紅燕も真剣な顔を向けたが、

「あなたの両親、それでも一応なんとかなっているのね？」

「……わたくしが特に真摯にお話し申しあげているときにかぎって、そのようなご反応をなさるとは、わたくし悲しゅうございます」

言ってる内容の失礼さに、真桂はちょっと苛立《いらだ》たしげだった。でも小玉も紅燕と同じことを思っていたので、責められなかった。

「貴妃さま、我が家もそのようなものですわ」

雅媛が苦笑いしている。深窓のご令嬢としては「一般的」な家庭で育った彼女が言うと、説得力が増す。

「そうでしょう？　けれどそうなるには、花のことといい彼はわたくしのことをあまりに

も理解していなかった。わたくしもそこまで彼のことを理解していなかったのかもしれない。けれどもこの男と一緒になって幸せになれないと確信する程度には、彼をわかっていたの」

「確かにそういう相手は、避けられるなら避けたほうがいいですわね……」

真桂と雅媛は意気投合している。特に雅媛は避けようがない状況で、顔も知らない相手の側室として後宮に入ったわけだから、深く納得できるのだろう。正妻としてなにやら非常に肩身が狭い。

「わたくし、彼の『自分がここまで愛してるんだから、無条件に愛を返せ』と言わんばかりの態度が嫌だったのかも」

「それは確かに嫌な気持ちになりますわね！」

真桂は当初、全員に話すのだからと言葉づかいを丁寧にしていたのだが、もはや雅媛とほぼ一対一で話しているせいかだいぶ口調が砕けている。

小玉と紅燕はぽかんと口を開いて、二人をただ見守るだけだった。

「李昭儀に感謝申しあげます。非常に参考になりましたわ」

創作の糧にしようという下心を、雅媛はもはや隠しもしていない。ここまで露骨な場合は、もはや「上心」と言ってもいいのではないだろうか。しかし剝《む》きだしにされた下心に、真桂はむしろ機嫌がよさそうだ。

「なにかしら得るものがあるならば、喜ばしいことだわ……ほんとうに。わたくしは想《おも》っている方に想いを返して欲しいとは思うけれど、それが相手の義務だとは思わないの」

なんか話を締めにかかったなあと思いながら、小玉は隣にいる紅燕に点心を渡す。耳半分に話を聞いている小玉は、完全にお茶を楽しむだけになっていた。

とはいえ真桂と雅媛が語り合う内容自体はお茶のお供に聞くには決して悪いものではなかった。よいお茶会でしたねえという感慨を抱きつつ、小玉ももうこのお茶会？　が終わったつもりでいる。

「……そうは思われませんか、娘子！」

しかし、思わぬところで急に小玉に飛び火してきた。

「えっ、あた……わたくし!?」

完全に、若い娘たちの会話を横で聞いてましょ……という態勢だった小玉は、どてっぱらに不意打ちをくらったかの衝撃を受けつつも、なんとか立ちなおった。慌てて真桂のほうを見ると、彼女はなにやら熱い目を向けている。

なにか期待されていることはわかる。だがなにを期待されているのかがわからない。なぜなら最後らへん、彼女がなにを言ったかうろ覚えなので。

「あ……ごめんなさい、李昭儀、今ちょっとお茶の香りにうっとりしていて……」

「話を聞いていませんでした」という事実を、美しく包装しながら真桂に差しだす。すると雅媛が助け船を出してくれた。

「想っている方に想いを返すことが義務ではない……李昭儀のお言葉に、この薄《はく》雅媛たいへん感銘を受けました」

しかし出された助け船にどう乗っていいんだかわからない。なんて返せばいいんだこの言葉。そしてこの熱い眼差《まなざ》し。

反応に困る小玉は、なにやら職人の目をして頷《うなず》く雅媛については意図的に考えないことにした。

※

真桂と丙は数日滞在して、小寧を発《た》った。

小玉はてっきり、真桂がこのまま坏胡の地に戻るつもりだと思っていたのだが、どうやら一度馮王領に戻るらしい。

だいぶ遠回りになるのでは、と言った紅燕に真桂は、

「添削が終わらなくて……」

と、遠い目をした。

小玉も紅燕も察した。あの子がらみのことだな、と……。

小玉の娘は、名実ともに立派な王妃になっても、我が道も同時並行で突きすすんでいるよう。

ご迷惑をおかけして申しわけない、という気持ちはありつつも、彼女たちのところに戻るのだったら、と小玉は自作の漬物をしこたま持たせて見送った。

雅媛（とついでに真桂）の髪の毛は、紅燕が預かっている。小玉が死んだときに一緒に埋葬する、という話になった。

それほど遠い先のことではないだろう。

髪か……と、小玉は自分の毛先をつまむ。

自分が死んだら、髪の毛くらい文林《ぶんりん》の墓に入れられないだろうか、なんてことを思いもしたが、多分無理だろうし、思いついておいてなんだが、そこまでこだわりを覚えるようなことでもなかった。

文林が死んだとき、選んだ副葬品の中に、文林からもらった髪紐《ひも》を半分切ってしのばせておいた。それで十分だった。

真桂から渡されたものは他にもある。娘とその子たちの手紙だ。

真桂が発ってからと思ってとっていたそれを読むのを、小玉は楽しみにしていた。

そしてお楽しみというのは、ちょっとしんどいことをした後のためにとっておくと、最大限満喫できる。

よって小玉は手紙を懐に入れると、そのまま籠を背負った。

「……丙！　畑行ってくるわ。草むしってくる」

「あんま根を詰めんなよ、叔母さん！」

丙が渋い顔をする。

「はいよ」

「わたくしも、一緒に……」

そう言うのは紅燕だ。

「いや、いいから」

ここ数日暁白は、お客さんが家にいることに興奮して、なかなか眠れなかった。ということは、親も眠れていないはずだ。ちょっと体を休めてほしい。

ぶらぶら歩いていると、ご近所さんが声をかけてくるのに、のんびりと返事する。

皆、自分の素性を知っているのに喧伝《けんでん》しない。対外的に自分は、不名誉な存在のはずだが、あえて誰も触れようとはしない。

「それは昔のあなたが我々から勝ち取ったものです」

そう言って笑ったのは、昔ここで自警団を組織していた男だ。皺《しわ》くちゃの顔を更に皺くちゃにして笑う様子は、彼が良《い》い年の取り方をした証《あかし》なのだろう。昔殴り飛ばしたことが嘘《うそ》のようだ。むしろ、そんな事実などなかったのではないか。

「いや、加害者がさりげなくなかったことにしないでください」

そんなやりとりはともかく、勝ち取ったものは他にある。

あたりを見回せば、若者が恋人と肩を寄せ合っている。子ども達は無邪気に木の棒で遊んでいる。

自分と夫は結局、この光景のために働いてきたのだ。

畑にたどりつくと、小玉は草をむしりはじめ……ややあって目眩《めまい》を感じた。

こういうときは無理をしてはいけない。小玉は昨日午睡していた木陰に向かうと、ゆっくりとその場に横たわった。昔のようにごろりと勢い良く転がることは、立場が解放してくれても、腰とか色々な部分が許してくれない。

実年齢より若く見えるとよく言われるが、それは見かけだけのようだった。老いにもどかしい思いをしたこともあるが、今は自然の摂理に納得している。

——明慧《めいけい》、最後にどんなことを考えたんだろうか。

明慧について小玉にも知らないことはある。それを知りたいとも思っているが、そのうち知ることができるだろうからと焦らないでいた。だが誠に語るにあたり、知りたかったなあと、ままならなさが少し胸を締めつけた。

誠もいつか母と再会して、知る日がくるだろう。それが少しでも遅くなってほしいと小玉は思っている。

——誠は少し、「あの子」に似ている。

ふと小玉は、夫の長男のことを思いだした。親になるというのは強くなるということなのだろうか。

彼と彼の妻子も元気であってほしい。

小玉は目を開ける。

——そうだ。

小玉は懐から手紙を取りだした。休憩のときに読もうと思って持ってきたのだった。行儀が悪いのは承知のうえで、寝転がったまま読みすすめる。

そうこうしているうちに眠気を覚え、小玉は手紙をしまって、ごろんと大の字になった。

木の葉の間から、真っ青な空に、雲が薄くたなびいているのが見えた。

ありふれた光景。だが、いい眺めだ。

頭のどこかで、問う声が聞こえる。

──お前は、たどり着いた頂上の景色に満足しているか。

ああ。……ああ！

力強く肯定した。自分は、この景色に満足している。

少し悩みがあるとしたら、それは夫に会った時伝える言葉だった。まだ何もまとまっていない……いや。

まとまっていなくてもいいじゃないか。

きっと彼は取り止めもなく語る自分の言葉を、少し迷惑そうに、だが根気づよく聞いてくれる。間違いなくそうだと信じられるだけの絆《きずな》も、自分と夫が勝ち取ったものだった。

すぅと息を吸う。同時に風がそよぐのを感じた。いい風だ。ふふっと口角を持ち上げた。

何一つまとまっていなくても、最初に伝える言葉は決まっていた。彼の死に際に伝えられなかった言葉。

確かに女としては見方によって幸せだったり、不幸だったりしたかもしれない。けれど、あたしは。あたし自身は。あたしという人間は。

——ありがとう。あんたと一緒で幸せだった。あんたとじゃなきゃ作れない幸せだった。

はっきりと、言える。


歴史書には決して刻まれることのない、言葉。

ある皇后の一生の、それが幕引きの言葉だった。

あとがき

自分で自分の首を絞めることの多い生涯を送ってきました。

自分には、未来の自分がどうなるかが、見当つかないのです。

それじゃあつまらないですよね、と編集担当さんと話した結果、この本みたいな感じに再編しましょうか！　と言いだしたのは私です。

ええ、私が言いました。

すでにカクヨムで公開している文章があるので、それに短編を追加して順番を思案するだけで、この本はできあがったものを……。

後日、「どしてこんなこと言いだしたかなあ……」なんて四苦八苦しながら、加筆している私がいました。

いっそ一から書きなおすほうが楽だったかもしれません……あっ、うそ、やっぱり書きなおすほうが辛《つら》いです（受賞作書籍化の際に、一から書き下ろした経験持ち）。

いいかげん学習したので、最近二つのモットー？　を掲げています。

「未来の自分を頼りにしない」

「未来の自分はそこまで優秀じゃない」

特に二つ目。これを肝に銘じて生きていきたいものです。

二〇二三年九月一八日

雪村花菜

富士見L文庫

紅《こう》霞《か》後宮《こうきゅう》物語《ものがたり》　中《なか》幕《まく》
愛《いと》しき黄昏《たそがれ》

雪村《ゆきむら》花《か》菜《な》

2023年11月15日　初版発行

発行者　山下直久
発　行　株式会社 KADOKAWA
〒102-8177　東京都千代田区富士見2-13-3
電話　0570-002-301（ナビダイヤル）

印刷所　株式会社暁印刷
製本所　本間製本株式会社
装丁者　西村弘美

定価はカバーに表示してあります。

本書の無断複製（コピー、スキャン、デジタル化等）並びに無断複製物の譲渡および配信は、著作権法上での例外を除き禁じられています。また、本書を代行業者等の第三者に依頼して複製する行為は、たとえ個人や家庭内での利用であっても一切認められておりません。

●お問い合わせ
https://www.kadokawa.co.jp/（「お問い合わせ」へお進みください）
※内容によっては、お答えできない場合があります。
※サポートは日本国内のみとさせていただきます。
※Japanese text only

ISBN 978-4-04-075161-0 C0193
©Kana Yukimura 2023　Printed in Japan

流蘇の花の物語
銀の秘めごと帳

著／雪村花菜　　イラスト／めいさい

「紅霞後宮物語」の雪村花菜が贈る
アジアン・スパイ・ファンタジー！

美しく飄々とした女官・銀花には裏の顔がある。女王直属の間諜組織「天色」の一員ということだ。恋を信じない銀花は仕事の一環で同盟国に嫁入りすることになるが、夫となる将軍に思いのほか執着されて……。

富士見L文庫

物語を愛するすべての人たちへ

KADOKAWA運営のWeb小説サイト

イラスト：Hiten

「」カクヨム

01 - WRITING

作品を投稿する

誰でも思いのまま小説が書けます。

投稿フォームはシンプル。作者がストレスを感じることなく執筆・公開ができます。書籍化を目指すコンテストも多く開催されています。作家デビューへの近道はここ！

作品投稿で広告収入を得ることができます。

作品を投稿してプログラムに参加するだけで、広告で得た収益がユーザーに分配されます。貯まったリワードは現金振込で受け取れます。人気作品になれば高収入も実現可能！

02 - READING

おもしろい小説と出会う

アニメ化・ドラマ化された人気タイトルをはじめ、あなたにピッタリの作品が見つかります！

様々なジャンルの投稿作品から、自分の好みにあった小説を探すことができます。スマホでもPCでも、いつでも好きな時間・場所で小説が読めます。

KADOKAWAの新作タイトル・人気作品も多数掲載！

有名作家の連載や新刊の試し読み、人気作品の期間限定無料公開などが盛りだくさん！角川文庫やライトノベルなど、KADOKAWAがおくる人気コンテンツを楽しめます。

最新情報は
𝕏@kaku_yomu
をフォロー！

または「カクヨム」で検索

カクヨム

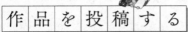

富士見ノベル大賞
原稿募集!!

魅力的な登場人物が活躍する
エンタテインメント小説を**募集中!**
大人が**胸はずむ小説**を、
ジャンル問わずお待ちしています。

★★★
大賞 賞金 **100**万円

入選 賞金 **30**万円

佳作 賞金 **10**万円

受賞作は富士見L文庫より刊行予定です。

WEBフォームにて応募受付中

応募資格はプロ・アマ不問。
募集要項・締切など詳細は
下記特設サイトよりご確認ください。
https://lbunko.kadokawa.co.jp/award/

主催　株式会社KADOKAWA